KB038532

끼
니

끼니

끼니를 때우면서 관찰한 보통 사람들의 별난 이야기

초판 1쇄 인쇄 2022년 8월 31일
초판 1쇄 발행 2022년 9월 11일

지은이 유두진

편집 권정현 윤소연 **디자인** 윤소연 **일러스트** 하완
마케팅 임동건 양지원 **경영 지원** 이지원

펴낸이 최익성 **출판 총괄** 송준기
펴낸곳 파지트 **출판 등록** 제2021-000049호 **제작 지원** 플랜비디자인

주소 경기도 화성시 동탄원천로 354-28
전화 070-7672-1001 **팩스** 02-2179-8994 **이메일** pazit.book@gmail.com

ISBN 979-11-92381-19-0 03810

끼니

끼니를 때우면서 관찰한
보통 사람들의 별난 이야기

우두진 지음

P:AZIT

작가의 말

독자 여러분께 한 가지 여쭙겠습니다. 지금까지 살면서 가장 맛있게 드셨던 음식이 뭐였나요? 한번 떠올려 보세요.

캐비어?
똠양꿍?
도미회?
불갈비?

어떤 것이든 다 좋습니다. 음식의 종류만을 묻는 것이 아닙니다. 어디서 누구와 어떤 음식을 드셨을 때 가장 맛있었나요. 그 순간을 떠올려보세요. 30초 정도 드리면 될까요? 자, 시작!

잘 안 떠오르신다고요? 거창하게 생각하실 것 없어요. 동생과 만화영화를 보면서 할머니가 부쳐주신 김치부침개를 먹었을 때가 가장 기억에 남을 수도 있고요. 중학생 때 선생님 몰래 고개 숙이며 까먹던 초코과자가 가장 맛있었을 수도 있고, 어느 봄날 고층빌딩 스카이라운지에서 남자친구와 함께 썰던 양갈비 스테이크가 가장 맛있었을 수도 있고, 어느 주말 저녁 혼자 드라마를 보면서 냠냠 먹던 하와이안 피자가 가장 기억날 수도 있습니다.

언제 어디서 누구와 먹었던 어떤 음식이 떠오르시나요? 그 순간을 잡아보세요. 한 개만 선택하기 어렵다고요? 그러면 3~4개의 순간으로 추려보세요. 20초 드릴게요.

추리셨나요?

이제 가장 맛있게 먹은 음식을 골라내야 할 때입니다. 후보에 오른 3~4개의 음식과 그걸 먹었을 때의 느낌을 다시 한 번 되새김 해보세요. 이번엔 1분 이상 드리겠습니다. 시작!

다 하셨나요?

이제 가장 맛있게 먹은 음식을 고를 차례입니다. 골라보세요.

무엇입니까? 답이 나왔나요?

답을 찾은 독자님이 부럽습니다. 가장 맛있게 먹은 음식과 그걸 먹었을 때의 느낌을 정확히 알고 계신 분이니까요.

답이 안 나왔나요?

그래도 상관없습니다. 맛있는 음식들을 하나하나 떠올리면서 독자님은 충분히 행복하셨을 테니까요.

　　저는 행복한 글을 쓰고 싶었습니다. 어떤 글을 쓰면 행복할까 오랫동안 생각했습니다. 그리고 음식과 사람에 관심이 많은 제가 가장 재미있게 쓸 수 있는 소재를 선택했습니다. 그것이 끼니입니다. 끼니를 때우면서 관찰한 별난 사람·보통 사람의 이야기를 써내려가며 저는 행복했습니다. 그 행복을 독자님들과 나누고자 이 책을 세상에 내놓습니다. 다들 오늘 끼니 맛나게 드시길!

2022년 여름

유두진

목차

보름달 먹는 법

식당에 앉아 있었다

내 옆에 누군가가 있었다

그는 후식을 먹겠다고 했다

그리고

보름달빵에 깍두기를 얹어 입으로 가져갔다

이는 엄연한 역사적 실화이다

맛집은 의외의 순간에 그렇게 다가온다

군대 생활을 함께 했던 고참이 지방선거에 출마했을 때였다. 당시 꽤 젊은 나이였는데 출사표를 던졌다. 군대에 있을 때도 줄곧 정치에 대한 꿈을 피력하던 사람이긴 했다. 고참의 연락을 받고 선거사무소 개소식에 참석했다. 사무실은 수원 법원 근처였다. 도착하니 사람들로 붐볐다. 앉을 자리도 없었고 정신도 없었다.

고참과 겨우 눈인사만 나눈 후 복조리를 건넸다. 선물도 줬고 눈도장도 찍었으니 도리는 다했다는 생각이 들었다. 앞서 말했듯 앉을 자리도 없었기에 서둘러 사무실을 빠져나왔다.

법원사거리에서 수원역 방향으로 걸었다. 걷다가 길을 잃었다. 지금은 수원을 잘 알지만 당시만 해도 수원은 거의 초행길이나 마찬가지였다. 여기가 맞나 싶어 들어가면 갈림길이 나오고 저기가 맞나 싶어 들어가면 막다른 길이 나왔다. 이리저리 헤매다 보니 몸도 지치고 배도 고팠다. 봄이 깊어갈 무렵이어서 은근히 더웠다. 뭔가 시원한 게 먹고 싶었다. 대로변에서 이리저리

고개를 돌려 보았지만 식당을 찾을 수가 없었다.

무작정 골목길로 들어섰다. 둘레둘레 살피니 작은 분식집이 보였다. 재빨리 들어갔다. 벽면 메뉴판을 보니 '냉면 개시'라는 문구가 쓰여 있었다. 물냉면을 주문했다. 가격은 3000~4000원 사이였던 거로 기억한다. 당시 물가를 감안하더라도 저렴한 가격이었다. 싼 만큼 맛은 별로 기대하지 않았다.

얼마 뒤 냉면이 나왔다. 고명으로 무절임 대신 열무김치가 올라가 있었다. 고명이야 뭐로 하든 상관없었다. 덥고 지쳤으니 대충 한 끼 때운다는 생각이었다. 젓가락으로 면을 휘적인 후 호로록, 입으로 가져갔다.

앗!

무의식적으로 어깨를 들썩였다. 정말 맛있었다. 열무가 쫄깃한 면발과 어우러지며 아삭아삭 식도로 넘어갔다. 다지기 양념을 적당히 푼 육수도 칼칼하면서 깔끔했다. 싸구려 냉면이다 보니 전반적으로 MSG향이 나긴 했지만, 오히려 그게 더 좋았다. 나는 MSG를 싫어하지 않는다. 아니 좋아하는 편이다.

와하!

탄성을 뿜어내며 순식간에 냉면 그릇을 비웠다. 끝맛도 개운하고 쾌적했다. 그동안 분식집에서 먹었던 싸구려 냉면들 중에서 단연 최고의 맛이었다. 기분 좋게 값을 치르고 분식집에서 나왔다. 간만에 싸고 맛있는 음식을 먹으니 길을 잃어 짜증났던 기분도 다 풀렸다. 이후 물어물어 수원역에 도착할 수 있었다.

얼마 후 지방선거가 치러졌다. 고참은 간발의 차로 낙선했다. 그를 위로하기 위해 다시 수원에 방문했다. 고참은 생각보다 담담한 모습이었다. 첫술에 배부를 순 없으니 차기를 준비하겠다고 했다.

말이야 쿨하게 했지만 얼굴에선 언뜻언뜻 허탈감이 묻어 나왔다. 모든 정력을 쏟아부은 선거에서 간발의 차로 패배했으니 그 속이야 말해 뭐하랴. 하지만 형식적인 다독임 외에 내가 딱히 할 수 있는 건 없었다. 그에게 영혼 빠진 위로를 건넨 후 수원 시내로 나왔다.

초여름 햇살이 따갑게 이마를 꼬집었다. 더위가 본격화할 조짐을 보였다. 문득 지난번 먹었던 시원한 열무냉면이 생각났다. 법원사거리에서 수원역 방향으로 가다가 길을 잃었다는 것을 떠올리며 주변 골목길을 기웃거려 보았다. 그 분식집을 찾을 수가 없었다. 헤매다 얼떨결에 들어간 곳이니 정확한 위치를 기억하기가 힘들었다.

'주변에 큰 건물이라도 외워 둘 걸. 그럼 찾을 수 있었을 텐데…….'

후회가 몰려왔다. 조금 비약하자면, 순간처럼 다가온 사랑을 잡지 못한 멍청한 남자가 된 기분이었다.

음식값이 싼 곳은 많다. 맛있는 집도 많다. 그러나 싸면서 맛있는 집은 흔치 않다. 그때 먹었던 열무냉면이야말로 싸고 맛있는 음식의 표본이었다. 무엇보다 내 입맛에 잘 맞았던 냉면이었다. 그래서 안타깝고 아쉬웠다.

허탈감을 삼키며 수원역 쪽으로 향했다. 걷다 보니 피식 웃음이 났다. 고참이 생각나서였다. 그는 인생을 건 선거에서 떨어져 허탈해하고 있는데, 위로하러 온 나는 냉면을 못 먹어 허탈해하고 있었다. 이래서 남의 중병이 내 감기만 못하다고 하는 건가. 괜스레 고참한테 미안했다.

우리나라 사람들은 참치회 먹는 법을 몰라

어느 늦여름 저녁이었다. 서대문 쪽에서 볼 일을 마치고 거리를 걷고 있었다. 후텁지근한 기운이 온몸을 휘감았다. 일굴에 손부재질을 하다가 한 간판을 발견했다.

무한리필 ○○참치

눈이 번쩍 뜨였다. 더운 날씨에 시달리다 에어컨 바람 맞으며 참치회를 먹어 본 적 있는가. 사각사각, 그 청량함이란……. 나는 주저하지 않고 식당 문을 열었다. 평소엔 저렴한 코스를 먹지만 그날은 큰맘 먹고 중급 코스를 시켰다. 마침 원고료가 들어와 주머니 사정이 괜찮았다. 주방장이 참치를 부위별로 썰어 앞에 놓았다.

사람마다 다르겠지만 참치를 먹는 방법은 크게 세 가지다. 간장에 찍어 먹거나, 초장에 찍어 먹거나, 김에 싸서 기름장에 찍어 먹거나. 개인적으로는 세 번째 방식을 좋아한다. 나는 김으로 휘감은 참치를 기름장에 찍어 입으로 가져갔다. 해동에서 막 풀린 참치가 김의 바삭함과 어우러지며 식감을 끌어올렸다. 거기에 참기름 향이 입안을 감싸며 고소함을 더했다. 그 특별한 맛을 만끽하며 나는 쉴 새 없이 젓가락을 움직였다. 김이 곧 바닥을 드러냈다. 그런데 내 모습을 보던 주방장이 갑자기 입을 열었다.

"저기요, 손님."

"?"

"김에 싸서 드시지 말고 간장에 찍어서 드셔 보세요."

"네?"

"참치 위에 와사비를 조금 얹으시고요. 간장에 살짝 찍어서 드세요."

"왜요?"

"그래야 참치 특유의 향을 느낄 수 있습니다."

느닷없는 주방장의 훈수에 나는 무르춤했다. 그래도 알려준 성의가 있으니 일단은 그의 말대로 해보았다. 가마살 부위에 와사비를 조금 올리고 간장을 살짝 찍어 입으로 가져갔다. 맛은 괜찮았다. 그래도 김에 싸서 먹는 것보다 맛있진 않았다. 참치를 목 안으로 넘긴 뒤 아래를 보았다. 이미 김은 바닥나 있었다. 새로 뜯기 위해 포장 김에 손을 올렸다. 그런데 그때, 주방장이 다시 입을 열었다.

"손님, 어때요? 깊은 맛이 느껴지죠?"

나는 다시 무르춤했다. 맛이 없진 않았지만 깊은 맛이 느껴지는지까지는 잘 모르겠다. 그래도 주방장이 무안할까 봐 "아… 네, 맛있네요. 알려줘서 고마워요"라고 얼버무렸다. 그러자 주방장은 신이 났다.

"저는 일본에서 참치를 배웠는데요. 우리나라 손님들은 참치 먹을 줄을 몰라요. 초장이나 김에 싸서 먹는 건 향이 강해서 참치 고유의 맛을 지우거든요. 그래도 손님들이 달라고 하시니 김과 초장을 내놓기는 하는데요. 안타깝죠. 그래서 저는 종종 참치 먹는 법 가이드를 해드리곤 합니다. 간장에 살짝 찍어 참치 고유의 향을 느끼시도록 말이죠."

주방장의 말에 나는 집으려던 포장 김을 슬그머니 내려놓았다. 이후부터 뭔가 분위기가 어색해졌다. 김에 싸거나 초장에 찍으려니 눈치가 보이기 시작했다. 정통 방식을 무시하고 막가파식으로 먹는 사람처럼 보일까 봐 조심스러웠다. 이후 몇 가지 음식이 더 나왔지만 그다지 맛있게 먹지 못했다.

계산하고 밖으로 나왔다. 떠름한 기분이 들었다. 괜스레 짜증도 났다. 주방장이 무슨 의도로 참치 먹는 법을 강의했는지는 이해했지만, 불편했다. 1절만 하고 마쳤으면 깔끔하고 고마웠으련만.

먹는 방법을 두고 참견하는 건 상대방을 피곤하게 하는 짓이다. 소리를 크게 내서 먹는다든지 지저분하게 먹어서 주변에 불쾌감을 준다든지 한다면 간섭할 수도 있다. 하지만 먹는 방식에 대해 훈수를 두는 건 온당치 않다. 참치를 간장에 찍어 먹든 된장에 찍어 먹든 그게 무슨 상관인가. 내 입맛에 맞게 먹으면 그만인 것을.

가만 보면 남의 먹는 방식에 대해 참견하는 사람이 은근히 많다.

이건 이렇게 먹어야 해,
저건 저렇게 먹어야 해.

웃기는 참견이다. 우리는 모두 맛에 관한 전문가이기 때문이다. 이연복 셰프나 최현석 셰프의 혀가 초등학생의 혀보다 더 전문적이라는 보장은 없다. 그들은 음식을 만드는 전문가일 뿐이다. 어떤 음식이든 내가 맛있으면 된 거고 내 입맛에 안 맞으면 고개를 돌리면 그만이다. 나 자신도 한심했다. 내가 알아서 먹을게요!라고 단호하게 한마디 하거나, 그냥 무시하고 내 입맛대로 먹으면 되는 거였는데 그걸 못하고 분위기만 살폈다.

대중화되었다고는 하나 참치회는 여전히 비싼 음식이다. 한번 먹으려면 지갑을 다잡아야 한다. 필요 이상 훈수 두는 주방장에게 끌려다니느라 나의 식도락을 놓치고 말았다. 앞으로는 불필요한 간섭에 휘둘리지 말아야지, 다짐하며 급히 발길을 돌렸다.

난 그저 즉석 어묵이 먹고 싶었을 뿐이야

첫 직장을 원치 않게 그만둔 뒤 새 직장을 구하고 있을 때였다. 일자리라는 게 쉽게 구해지는 건 아닌지라 한동안 헤맸다.

방황하던 그 시절, 가끔 내 방에 찾아오던 L이 있었다. 그와는 사회에서 만났지만 초반엔 그럭저럭 친하게 지냈다. 그러나 만날수록 기운이 내려앉았다. 워낙 인생타령하길 좋아하는 사람인지라 만나고 나면 개운치 않은 뒷맛이 남곤 했다. 이상하게도 L은 날 편하게 생각했다. 내가 방구석을 박박 기자 더 자주 찾아왔다.

실직한 나를 위로하기 위해 찾아오는 걸까. 그럴 수도 있다. 그보다 빤한 답이 있었다. 그는 날 통해 자신의 변변치 않은 삶을 위로받고 싶어 했다. '쟤는 실업잔데 난 아직 괜찮잖아'라는…… 그의 속이 훤히 보였지만 오지 말라고 막지는 않았다. 오는 사람 막으면 뭐할 것이고 가는 사람 붙잡으면 뭐할 것인가.

쌀이 떨어진 어느 주말이었다. 점심 때가 지났는데 딱히 먹을 게 없었다. 집안 여기저기를 뒤지며 동전을 모았다. 대략

2000원 정도가 만들어졌다. 편의점에 가려 점퍼를 집어 드는데 똑똑 노크 소리가 났다. 문을 여니 L이 서 있었다.

조금 껄끄러웠지만 함께 편의점에 갔다. L이 말했다. 자신은 밥을 먹었으니 신경 쓰지 말고 사고 싶은 것 사라고……. 알았다 하고 판매대를 살폈다. 김밥, 훈제 닭다리, 즉석 어묵 등 먹고 싶은 게 많이 보였다. 하지만 주머니 사정상 컵라면 한 개와 단팥빵 한 개를 골랐다. 계산한 뒤 편의점 앞 파라솔에 앉았다. 단팥빵은 한쪽에 치워 둔 뒤 컵라면부터 익기를 기다렸다. 조금 어색했다. L의 눈을 피하며 괜스레 나무젓가락의 잔티를 손으로 뜯어냈다. 그런 날 보며 L이 말했다.

"저기, 두진 씨."
"네?"
"그렇게 마음 아파하지 말아요."
"네에?"
"인생의 아픔은 다 지나가게 마련이니까."
"……"

나는 뭐라 할 말이 없었다. 고개를 들어 멀뚱멀뚱 그의 얼굴을 쳐다보았다. 그는 '당신 맘 다 알아'라는 표정으로 담배를 꺼내 물었다. 그리고 특유의 인생타령을 늘어놓기 시작했다. 살벌한 경쟁 사회, 내몰린 청춘, '네 잘못이 아니야'라는 영화 대사까지……. 이후 으레 그렇듯 '난 아직 괜찮은데 두진 씨는 참 깝깝하겠네'라는 말을 덧붙이며 담배를 비벼 껐다.

나는 다시금 착잡함을 느꼈다. 그의 말이 일부는 맞고 일부는 틀렸기 때문이었다. 마음이 아픈 건 사실이었다. 하지만 그가 기대하는 그런 류의 아픔은 아니었다. 난 컵라면보다 즉석 어묵이 먹고 싶었다. 그런데 800원 정도가 모자랐다. 편의점에서 1000원만 빌려 달랄까 하다가 그만두었다. 그것이 빌미가 되어 쓸데없는 인생타령이 시작될까 싶어서였다. 막상 컵라면을 앞에 두니 즉석 어묵에 대한 미련이 계속 남았다. 잔소리 좀 든더라도 그냥 돈 빌려 즉석 어묵을 먹을 걸, 하는 생각도 들었다. 마음이 복잡한 와중 그가 '인생의 아픔' 운운하며 치고 들어왔다. 이럴 땐 뭘 어째야 하나. 난 그저 즉석 어묵이 먹고 싶었을 뿐인데…….

이후 계속 이어지는 그의 인생타령을 한 귀로 흘려보냈다. 그리고 깨달았다. 피하고 막아도 말할 사람은 결국 말한다는 것을.

그날 이후 그와 거리를 두기 시작했다. 관계를 계속 유지하는 건 서로가 낭비라는 판단이 들었다. 불편해 하는 걸 느꼈는지 그도 찾아오는 발길을 줄였다. 우리는 한동안 서먹한 관계를 유지했다. 그리고 자연스럽게 멀어졌다.

당신도 한때는 빛나는 순간이 있었을 텐데

어느 추운 1월의 오전이었다. 뭔가가 계속 어긋나고 있었다. 신작 집필은 진도가 안 나가고, 집은 냉골인데 보일러 수리기사는 늦는다고 하고, 창문 밖에선 아주머니 둘이서 이년 저년 하며 싸우고⋯⋯.

'아, 진짜⋯⋯.'

투덜거리며 시계를 보니 점심시간이었다. 치킨이나 먹고 기분 좀 풀어야겠다, 싶어 단골집에 전화를 걸었다. 정기 휴일이란다. 다른 곳에 걸었다. 낮 2시 오픈이라 3시쯤에나 치킨을 받을 수 있단다.

'젠장⋯⋯.'

그냥 대충 때우기로 했다. 냉장고를 뒤지니 며칠 전 사 놓은

빵과 햄이 보였다. 싸구려 식빵과 김밥용 햄이었다. 과도로 햄을 잘라 입에 넣었다. 생으로 먹기엔 조금 느끼했다. 채소 칸에서 오이를 꺼낸 뒤 어슷어슷 썰었다. 식빵 위에 자른 오이를 얹은 후 넓적한 햄을 올렸다. 그렇게 대충 샌드위치를 완성했다. 방으로 가져와 와사삭 베어 물었다. 생각보다 먹을 만했다. 음식물이 들어가니 마음에 약간 여유도 생겼다.

샌드위치를 우걱우걱 씹으며 인터넷 뉴스를 검색했다. 메인에 뜬 기사 하나가 눈에 쏘옥 들어온다.

「70대 치매 노인, 사망 아들 곁에서 생활.」

특이한 제목이었다. 제목만으로는 내용을 짐작하기가 힘들었다. 천천히 기사를 읽어보았다. 치매에 걸린 할머니가 아들의 죽음을 모른 채 두 달 넘게 주검 곁에서 생활해 왔다는 내용이었다. 그런데 경찰이 발견했을 때 할머니의 건강엔 별 이상이 없었다고 한다. 이게 어떻게 가능했을까.

병을 앓고 있던 아들은 혹시라도 자신에게 일이 닥칠지 몰라 식빵, 통조림, 햄 등을 냉장고에 넣어 놓았다고 한다. 아들이 죽자 할머니는 그것들을 먹으며 생활을 했단다. 나도 식빵과 햄으로 끼니를 때우고 있어서였을까, 동질감이 느껴지며 마음이 아파왔다. 반쯤 먹은 샌드위치를 한쪽으로 치운 뒤 기사에 달린 댓글들을 읽어보았다.

· 치매는 국가가 나서서 관리해야 한다.

· 남의 일 같지 않다.

· 아드님이 좋은 곳에 가셨기를

일반적인 글들이 이어졌다. 그런데 그중 눈에 띄는 댓글이 있었다.

· 당신들도 한때는 빛나는 순간이 있었을 텐데… 다음 생에 좋은 인연으로 다시 만나시길…

순간 소름이 돋았다. 그렇다. 저 불쌍한 모자에게도 빛나는 순간이 있었을 거다. 누구에게나 빛을 발하던 순간은 있는 법이니까. 다른 사람이 보기엔 평범하거나 보잘것없는 것이었을지라도 당사자가 느끼기에 빛나는 순간은 분명히 있다. 그것만으로도 충분하다.

하지만 삶은, 그리고 시간은 모든 것을 허물어 버린다. 어찌 보면 그렇게 덧없고 허무한 것이 우리네 인생일지도 모른다.

'아아…….'

그렇게 감상에 빠졌다. 잠시 후 '콩콩' 문 두드리는 소리가 났다.

"누구세요?"

"보일러 기사예요."

어라? 늦는다더니 일찍 왔네. 문을 여니 호리호리한 체격의 기사가 공구를 들고 서 있다. 나는 그를 쏘아보며 투덜거렸다.

"아휴, 추워 죽는 줄 알았어요."

"죄송합니다. 빨리 고쳐 드릴게요."

기사가 보일러실로 들어갔다. 삐걱, 삐그덕 보일러 고치는 소리가 들려왔다. 그 소리를 들으며 나는 남은 샌드위치를 먹었다. 왜? 먹어야 사니까. 빛나건 허무하건 우리는 삶을 살아야 한다. 그러려면 보일러를 고쳐야 하고 음식을 먹어야 한다. 그렇게 나는 다시 삶 속으로 빠져들었다.

육개장 앞에서 도리도리 짝짜꿍

파견활동을 함께 하던 예술인들과 술자리를 한 날이었다. 식사도 안 하고 참석한 자리였는데 생각보다 많이 먹질 못했다. '집안에 볼 일이 생겼다'며 한 사람이 급히 일어서는 바람에 술자리가 일찍 끝났다. 배가 고팠다. 버스에서 내린 뒤 인근 식당에 들어갔다.

술을 마셔서인지 얼큰한 게 땡겼다. 육개장을 시킨 뒤 주위를 둘러보았다. 사람들이 있었다. 손님은 아니었다. 식당 주인한테 '고모부' 어쩌고 하는 걸 보니 친척들이 놀러 온 모양이었다. 일행 중 막 걸음마를 뗀 어린아이도 있었다. 뒤뚱뒤뚱 걸음으로 식당 여기저기를 돌아다녔다. 친척 중 한 사람이 아이를 번쩍 들어테이블 위에 올렸다. 아이가 함박 웃으며 테이블 위를 걸었다.

"이야! 이제 잘 걷네."
"다리에 힘이 올랐어."

사람들의 칭찬이 쏟아졌다. 내게 물잔을 건넨 뒤 돌아서던 식당 주인도 "그놈 참 잘생겼다" 말하며 흐뭇한 표정을 지었다. 아름다운 모습이었다. 걷고 느끼며 세상과 소통을 시작한 아이, 그런 아이를 대견하게 바라보는 친척들, 여기까진 좋았다.

　한편으로는 이게 뭔가 싶었다. 그동안 아이는 얼마나 많은 곳을 걸어 다녔을까. 아무리 아이가 예쁘기로서니 신발 신은 상태 그대로 테이블에 올려놓고 도리도리 짝짜꿍이라니. 그곳은 손님들이 식사하는 식탁이다. 개념 없는 친척들은 그렇다 치자. 식당 주인은 대체 뭐 하는 건가. 제지하기는커녕 동참하고 있었다. 뭐라 한마디 하고 싶었지만, 친척들끼리의 좋은 분위기에 얼음물을 끼얹을 수 없었다.

　그나저나 내 테이블은 제대로 닦은 것일까. 의심하는 사이 육개장이 나왔다. 떨떠름하게 한 숟가락 떠먹어보았다. 그저 그런 맛이었다. 그래도 먹었다. 꾸역꾸역. 다 먹은 뒤 카운터로 향했다. 주인이 '맛있게 드셨어요?'라고 묻는다. 나는 아리송하게 대답했다.

　"네…. 뭐……."

　만 원권을 내밀자 주인이 거스름돈을 건넸다. 그냥 갈까 한마디 할까, 잠시 고민했다. 이대로 갈 순 없을 것 같았다. 거스름돈을 받으며 주인에게 슬쩍 눈치를 줬다.

"테이블 한 번 더 닦으셔야 하지 않을까요? 아이가 신발을 신은 채 올라갔으니……."

주인이 조금 민망해하며 날 쳐다본다. 내 말뜻을 알아들은 것 같다. 행주를 찾기 위해 두리번거리는 주인을 뒤로하고 식당을 나섰다. 내 나름대로 잘 처신한 것 같다. 큰소리 내지 않고 분위기 망치지 않는 선에서 의사를 전달했으니 말이다. 모로 가도 서울만 가면 되는 것 아닌가.

죽을 먹다가 느낀 노인의 자격

풍치가 심해 치과 치료를 받았다. 병원에서 나오니 점심시간이었다. 잇몸 치료를 받은 상태라 아무 음식이나 먹을 수 없었다. 주위를 살피니 죽집이 보인다. 문을 열고 들어갔다. 통로가 비좁은 작은 가게였다.

오른편 자리에 앉아 해물죽을 시켰다. 주문을 마치고 물을 한 모금 마시니 주변 테이블도 모두 들어찼다. 테이블이라고 해봐야 내 자리까지 포함해 3개다. 얼마 후 죽이 나왔다. 호호, 불어가며 조심스럽게 먹었다. 주의를 기울였음에도 숟가락에 이가 닿을 때마다 통증이 왔다. 절반쯤 먹으니 더 먹을 여력이 없었다. 이가 아프니 입맛도 떨어졌다.

카운터로 가서 계산을 했다. 꽤 비쌌다. 그냥 편의점에서 우유나 데워 마실걸, 하며 후회했다. 영수증을 받고 출구 쪽으로 향했다. 거의 동시에 할아버지 손님이 들어섰다. 한 사람밖에 지나다닐 수 없는 좁은 통로, 나가려는 사람과 들어오려는 사람, 문 앞에서 잠깐 대치 상황이 벌어졌다. 나는 할아버지가 뒤로 물러나실 줄 알았다. 하지만 웬걸, 그냥 밀고 들어오기 시작했다.

"어어어······."

나는 뒷걸음질 치며 거의 내가 앉았던 자리로까지 밀렸다. 무대뽀로 밀고 들어오는 노인을 어찌할 수가 없었다. 할아버지가 자리에 앉자 공간이 생겼고, 나는 다시 나가려고 발걸음을 추슬렀다. 우리의 모습을 보던 종업원 아주머니가 혼잣말처럼 중얼거렸다.

"에효, 먼저 좀 나가게 하시지······."

하지만 꽤 큰 소리여서 주위에 다 퍼졌다. 그걸 들은 할아버지가 역정을 냈다.

"나도 들어와야 하는데 어쩌라고!"

분위기가 싸해졌다. 뭔가 한마디 하고 싶었지만 이가 아파서 그만두었다. 그래도 내 편을 들어준 종업원 아주머니가 고마워 가볍게 손인사를 했다. 그리고 서둘러 식당을 빠져나왔다.

그 할아버지는 나가려는 측과 들어오려는 측의 입장이 팽팽하니 나이 덜 먹은 사람이 양보해야 한다고 생각하셨나 보다. 그게 아니라면 무조건 자기 앞길만 생각하는 이기적인 분이었던지. 어찌 됐건 그 상황에선 내가 먼저 나가는 게 맞았다. 안에 있던 사람이 먼저 나가야 새 사람이 들어올 공간도 생기는 거니까. 이건 상식이다. 그래서 지하철에서도 내린 다음 타라고 하지 않는가. 무작정 밀고 들어온 노인을 생각하니 어처구니가 없었다.

자기중심적이고 이기적인 노인이 은근히 많다. 상식에 안 맞아도 자기 의견만 옳다고 우기는 꼰대형 어른도 적지 않고 말이다. 노인을 공경해야 하는 건 맞다. 하지만 노인이라고 무조건 대우받을 수 있는 세상은 아니다. 상투적인 말이지만 대우받으려면 대우받게끔 행동을 해야 한다. 나 또한 풍치로 치아를 상실할 위기를 맞으면서 노화에 대한 두려움이 왔다. 세월이 흘러 할아버지가 되더라도 상식은 놓지 말아야지, 다짐했다.

예절은 젊은 사람만 지키는 게 아닌데…

예식장에서 어쭙잖게 스테이크 썰려다

　　결혼식 뷔페에 가면 먹을 게 풍성하다. 당연한 얘길 왜 하냐고? 그냥 당연한 얘기로 서두를 열어보고 싶었다. 별 이유는 없다.

　군대에서 제대하고 빌빌대던 시절이었다. 아버지의 심부름으로 결혼식장에 갈 일이 생겼다. 아버지 지인 딸의 결혼식이었다. 친한 사이는 아니지만 인맥 관리상 얼굴은 비춰야 하는 뭐 그런 자리였던 듯하다. 사정이 생겨 아버지가 결혼식장에 갈 수 없자 큰아들인 나를 보내 예를 갖추기로 하셨다.

　"가서 뷔페나 먹고 와."

　아버지가 말했다. 겉으론 귀찮은 표정으로 "네……"라고 대답했지만, 속으론 좋았다. 간만에 뷔페 제대로 땡기겠구나, 싶어서였다.

　결혼식 당일, 아침 식사도 거른 채 예식장으로 향했다. 오옷! 호텔이었다. 그렇다면 뷔페도 고급이겠지. 흐뭇한 미소를 지으며 식장으로 올라갔다. 신부 측에 축의금을 전달하고 아버지 대신 왔다는 말과 함께 방명록에 이름도 남겼다. 할 일을 다 한 뒤 식권을 받기 위해 기다렸다. 그런데 좀 이상했다. 식권 대신 입장권을 줬다. 고개를 갸웃거리며 주위에 있던 도우미에게 물었다.

"식당은 몇 층에 있나요?"
"저희는 식당이 따로 없습니다."
"네? 그럼 식사는……."
"식장 안에 들어가시면 식사를 드립니다. 입장권 내고 들어가세요."

알고 보니 스테이크를 먹으며 결혼식을 보는 그런 형식이었다. 결혼식이 진행되는 동안엔 간단한 다과가 나오고 식이 끝나면 스테이크가 나온다고 했다. 당시로서는 드문 형태였다.

배가 고팠으므로 일단 입장권을 내고 들어갔다. 그런데 이런, 다들 가족 또는 일행끼리 앉아 있었다. 나 혼자 멀뚱멀뚱 테이블을 차지할 수가 없었다. 식사는 코스로 진행된다고 했다. 밥 한 끼 먹겠다고 긴 시간 동안 알지도 못하는 사람들 사이에서 멀뚱멀뚱 앉아 있을 자신이 없었다.

휴우! 한숨이 나왔다. 뷔페인 줄 알고 아침도 굶고 왔는데…….

"예식을 시작하겠습니다!"

사회자의 말이 들려왔다. 동시에 나는 식장 밖으로 나왔다. 육회, 생선회, 팔보채, 새우찜, 전, 떡, 각종 디저트 등등. 상상 속 뷔페 음식들이 멀어져갔다.

터벅터벅 대로변을 걸었다. 허탈했다. 기대대로 흘러가지 않을 수도 있는 게 인생이었다. 걷다 보니 다시 배가 고팠다. 주변을 살폈다. 분식집이 보였다. 들어가 김밥 두 줄을 시켰다. 그렇게 나만의 뷔페는 끝이 났다.

뷔페 먹으려고 이렇게까지

스테이크 결혼식에 다녀온 몇 달 뒤, 다시 결혼식에 참석할 일이 생겼다. 아는 선배의 결혼식이었다. 당시 난 아르바이트 형식으로 보험회사에 다니는 중이었다. 그곳에서 마주친 학교 선배의 결혼식에 참석해야 했다. 그의 결혼식장은 뷔페가 확실했다.

'다행이다!'

스테이크 결혼식 때처럼 김밥만 먹을 일은 없겠다. 나는 주먹을 불끈 쥐었다. 다만 주의해야 할 점도 있었다. 하객 대부분이 회사 사람들이었기에 조심스럽게 행동해야 했다. 맛있다고 허겁지겁 먹을 수 있는 분위기가 아니었다.

'그럼 어떻게 뷔페를 만끽할까.'

고민하던 중 잔꾀가 떠올랐다. 일반적으로 예식 30~40분 전부터 축의금을 받기 시작한다는 게 열쇠였다. 예식 시간보다 일찌감치 도착해 축의금을 내기로 했다.

　　예식날이 다가왔다. 선배의 결혼식은 낮 12시였다. 나는 11시 20분쯤 예식장에 도착했다. 로비에 접수대가 펼쳐져 있었다. 준비했던 축의금을 내니 식권을 줬다. 재빨리 식당으로 향했다. 12시 예식인데 미리 식사할 수 있냐고 식당 직원에게 물었다. 가능하단다. 식사 후 예식에 참석했다가 다시 식당에 들어오려면 어떻게 해야 하냐고도 물었다. 직원은 표시를 해주겠다며 내 손목에 빨간 도장을 찍어 주었다. 도장이 확인되면 재입장이 가능하다고 했다.

　　이제 모든 준비는 끝났다. 나는 눈을 크게 뜨고 식당을 훑어보았다. 아직 점심시간이 아니어서인지 식당은 한가했다. 나는 뷔페 그릇을 들고 음식 진열대로 향했다. 먼저 회 코너로 이동했다. 도미, 광어 등 흰살생선회부터 그릇에 담았다. 주황빛 연어회도 듬뿍 집었다. 다음으로 육식 코너로 향했다. 갈빗살을 집고 탕수육도 올리고 그 옆에는 냉채와 샐러드를 담았다. 자리에 돌아와 회부터 먹기 시작했다. 열심히 먹었다. 옆에선 여자 알바생이 맥주와 음료수를 테이블에 놓고 있었다. 손을 든 뒤 콜라를 한 병 달라고 했다. 알바생이 머뭇거린다. 일이 서툰 거로 봐서 주말에 잠깐 아르바이트하는 학생인 듯했다.

"여기 콜라 한 병 달라니까요."

　재차 말하자 알바생이 어색한 표정으로 내 앞에 콜라를 놓았
다. 왜 저렇게 뭉그적거리지? 나는 고개를 갸우뚱한 뒤 콜라를
마셨다. 그리고 다시 음식을 먹기 시작했다. 금세 바닥이 보였다.
나는 또 음식을 퍼왔다. 그렇게 서너 접시 먹으니 어느 정도 양
이 찼다. 일단 일어섰다. 예식을 본 후 회사 사람들과 함께 와서
또 먹기로 했다.

　12시에 식장으로 올라가 예식을 봤다. 하객 사진도 찍었다.
이후 회사 사람들과 함께 식당으로 이동했다. 나는 맨 마지막으
로 식당에 들어왔다. 혹시라도 손목에 찍힌 도장 자국이 들킬까
봐 그랬다. 입장한 뒤엔 화장실부터 들러 도장 자국을 지웠다.

　이제 다시 시작이다. 나는 그릇을 들고 음식 진열대로 걸어
갔다. 사람들이 음식을 담고 있었다. 나도 음식을 담았다. 여유
있게 천천히 담았다. 어느 정도 배가 차 있었으므로 해산물과 채
소 위주로 조금씩 조금씩 집었다. 옆에서 음식을 담던 회사 여직
원이 내게 물었다.

"그거밖에 안 먹어요?"

"네, 소식하는 편입니다."

"아하…."

그녀가 고개를 끄덕였다. 나는 조금 민망했다. 소식? 내가?
하지만 그냥 이미지 관리로 밀고 나갈 수밖에 없었다. 나는 다
시 음식을 그릇에 담기 시작했다. 옆으로 결혼한 선배 내외가 지
나갔다. 테이블마다 다니며 인사를 하고 있었다. 음식을 다 담은
나는 음료대에서 주스 한 잔을 뽑은 후 일행이 있는 자리로 향했
다. 그런데 테이블에서 낯익은 여자와 마주쳤다. 아까 내게 콜라
를 건넨 알바생이었다. 일 안 하고 왜 테이블에 앉아 있는 걸까.
나는 자리에 앉지 못하고 잠시 머뭇거렸다. 그때 누군가 내 어깨
를 툭 쳤다.

"와줘서 고맙다."

선배였다. 나는 고개를 돌려 어색하게 축하 인사를 건넸다.
그러자 선배가 그 알바생을 소개해줬다. 사촌 여동생이란다. 일
손이 부족해 음료수 놓는 걸 도와주고 있었단다. 나는 당황했다.
그런 날 보며 사촌 여동생이 말했다.

"아, 아까 봤어요. 콜라도 줬어요. 저쪽 구석 자리에서 혼자
식사하셨던 분이죠?"

이런 제기랄, 나는 난감함에 얼굴이 달아올랐다. 옆에 있던
여직원이 나를 쳐다보았다.

"뭐야, 아까 먹고 또 먹는 거예요?"

"……"

"소식한다면서요. 호호."

여직원이 웃었다. 나는 아무 말도 하지 못했다. 그 상황에선 뾰족한 대처법이 없었다.

'괜히 쓸데없는 말을 해서리……'

후회스러웠다. 먼저 와서 뷔페를 먹은 것부터가 어긋남의 시작이었다. 정상적으로 예식을 본 후 식사를 했으면 아무 문제가 없었을 거다. 소식한다느니 뭐니 쓸데없는 말을 할 필요도 없었고. 이후 나는 먹는 둥 마는 둥 하다 서둘러 결혼식장을 빠져나왔다.

여하튼 무리수를 두면 상황은 꼬이게 마련이다. 있는 그대로 흘러가듯이 살아야 탈이 없다는 걸 깨달은 하루였다.

포장마차의 낭만은 개뿔!

나는 경기도 내 지역지 기자로 사회생활을 시작했다. 몇 달 뒤, 함께 입사했던 여자 동기가 공무원으로 이직을 했다. 한동안 울적함이 몰려왔다. 그녀를 좋아했으니까. 고백도 했었다. 그녀도 날 좋아한다고 했다. 하지만 편한 동료 이상의 감정은 아니라고 했다. 그 말만 남긴 채 그녀는 정부과천청사로 떠나 버렸다.

사실 나도 엄청난 열정으로 그녀를 좋아한 건 아니었다. 그렇기에 상실감이 그리 크지는 않았다. 다만 조금 외로웠고 감상적 사치를 부릴 만큼의 센티멘털함은 한동안 유지됐다.

연하게 비가 내리던 어느 날이었다. 마감 날이어서 퇴근이 늦었다. 가방을 들고 터벅터벅 걷는데 그녀 생각이 났다. 주위를 살피니 포장마차가 보였다. 깊은 밤 추적추적 내리는 비, 문득 몰려오는 센치함, 아련히 떠오르는 그녀, 눈앞에 펼쳐진 포장마차…… 뭔가 적당한 그림이 만들어졌다. 힘든 야근을 마친 젊은 이가 마음속 그녀를 그리워하며 포장마차에서 한잔하는 모습이라……. 드라마 속 한 장면 같다는 생각을 했다.

포장마차에 들어가 소주와 멍게를 시켰다. 주인아주머니가 술과 홍합 국물부터 내주었다. 나는 차가운 잔에 소주를 가득 채운 후 원샷으로 들이켰다.

"크으."

쓰디쓴 표정을 지으며 술을 넘겼다. 솔직히 별로 쓰지 않았다. 그래도 쓴 척했다. 우수에 젖은 듯한 아우라를 포기할 수는 없었기에. 그런 내 모습이 인상적이었을까. 주변 손님들이 슬쩍슬쩍 나를 쳐다보았다. 주인아주머니도 '저 총각 직장에서 괴로운 일이 있었나?' 싶은 얼굴로 내 앞에 멍게를 놓았다. 나는 더욱더 고뇌에 찬 표정을 지으며 소주를 들이켰다.

지금 생각하면 이불킥을 서너 번은 할 일이다. 고뇌는 무슨, 그저 감상적 사치를 즐기고 있었을 뿐이다. 생각해 보라. 대학 졸업한 지 얼마 되지도 않은 떠꺼머리가 직장인의 번민을 알면 뭐 얼마나 알겠는가. 몇 달 같이 일한, 그것도 날 남자로 좋아하지도 않은 여자 동기가 가슴에 사무쳤으면 뭐 얼마나 사무쳤겠는가. 그저 분위기만 잡았을 뿐이다.

그래도 꾸역꾸역 소주 한 병 반을 마셨다. 조금 취기가 올랐다. 다시 주위를 살폈다. 주인아주머니가 우동을 말고 있었다. 다른 손님들은 거의 다 나갔다. 남은 손님은 똥폼 잡고 있는 나와 우동을 기다리는 중년 아저씨뿐이었다.

맥이 빠졌다. 분위기를 잡아도 봐줄 사람이 없으니 그만 마시기로 했다. 테이블 옆에 붙어 있는 가격표를 살펴보았다. 소주와 멍게 값으로 1만 5000원 정도가 나올 듯했다. 일어서서 주인아주머니에게 만 원권 2장을 건넸다. 주인아주머니가 "총각, 괜찮아?"라고 물었다. 나는 비틀거리며 괜찮다고 했다. 약간 취하긴 했으나 비틀거릴 정도는 아니었는데 취한 척을 했다. 내 돈을 받은 주인아주머니가 거스름돈을 꺼냈다. 그러면서 나를 흘끔쳐다보았다.

그리고
나는 보았다.

거스름돈으로 꺼낸 천 원짜리 5장 중 1장을 슬쩍 주머니에 꾸겨 넣는 아주머니의 모습을……. 그리고 나서 내게는 4000원만 건넸다. 나 이거야 원.

따져야 했다. 왜 돈을 꼬불치냐고. 하지만 그러지 못했다. 왜?
그때까지 나는 드라마 속 주인공이었으니까.

고뇌에 찬 남자 주인공이 '1000원이 더 왔니, 덜 왔니' 싸울 수는 없었다. 갑빠가 있지. 실컷 취한 척하다 정신 말짱하다는 걸 들킬 수도 없는 노릇이었다. 결국, 나는 거스름돈 따위엔 별 관심 없는 듯 4000원만 받아들고 곧바로 주머니에 넣었다. 그러고는 비틀거리며 포장마차에서 나왔다.

빗방울이 아까보다 굵어졌다. 가방으로 머리를 가리며 보도 블록 위를 걸었다. 속에서 짜증이 올라왔다.

'이런 얄팍한 아주머니 같으니라고!'

괘씸했다. 하지만 내 탓도 컸다. 왜 쓸데없이 분위기는 잡아서리. 드라마 흉내 내며 우수에 젖은 척한 나나, 비틀거리는 걸 확인한 후 거스름돈을 삥땅 친 아주머니나, 한심하긴 매한가지였다. 그래도 수확은 있었다. 그 이후로 어쭙잖게 분위기 삽는 짓 따위는 절대로 하지 않게 되었다.

가끔은 감상적 사치를 부리고 싶을 때가 있다. 적어도 나는 그랬다. 하지만 감상에 빠져 허우적대는 모습을 바라봐 줄 사람은 아무도 없다. 나처럼 뒤통수나 안 맞으면 다행이다.

난가끔…눈물을
흘린다ㅏ…

#와인바 #그리움 #사랑 참 아프다

회전초밥 100접시를 먹지 못하고

나는 초밥을 좋아한다. 비싸서 자주 먹지 못하기에 한번 가면 많이 먹는 편이다. 그래서 접시당 계산하는 곳보다는 회전식 초밥뷔페를 더 선호한다. 컨디션 좋을 땐 30접시도 먹는다. 100접시씩 먹는 먹방 유튜버들이 보기엔 우스운 수준이겠으나 일반인 기준으로는 많이 먹는 편이다. 회전하는 초밥들을 입맛에 따라 고르고, 행여나 내가 점찍은 접시를 앞 사람이 집어갈까 조바심을 내는 건 회전초밥 뷔페에서만 느낄 수 있는 색다른 즐거움이다.

어느 날 오후였다. 길을 걷다가 회전초밥 뷔페집을 발견했다. 들어갈까 말까 잠시 고민했다. 된장찌개나 한 그릇 먹을까 두리번거리다 발견한 것이어서 가격 차이를 고려해야 했다. 그래도 초밥을 먹기로 했다. 대충 때운 한 끼는 평생 다시 찾아 먹지 못하기에 먹을 수 있을 때 최선을 다해 맛있는 걸 먹자는 게 내 철학이다.

초밥집 문을 열고 들어갔다. 점심 때가 지난 시간이라 손님이 별로 없었다. 그래도 회전판은 힘차게 돌아가고 있었다. 자리에 앉은 후 내가 좋아하는 소라초밥부터 집어 들었다. 쫄깃쫄깃한 소라와 그 위에 뿌려진 찐득한 간장소스가 조화로운 맛을 냈다. 다음으로 참치초밥을 집어 들었다. 해동된 지 얼마 안 돼 아삭거리는 참치가 밥과 어우러지며 담백한 맛을 냈다.

'자, 그럼 다음은……'

나는 세 번째 초밥을 고르려 회전판에 눈을 모았다. 그런데 그때였다.

"손님, 이것 잡수시죠."

주방장이 큰 접시를 들이밀었다. 안을 보니 광어, 연어, 학꽁치 등 새로 빚은 초밥들이 놓여 있었다.

"늦게 오신 손님께는 신선한 거 드시라고 새로 빚은 초밥을 드리고 있습니다."

얼떨결에 주방장이 내민 큰 접시를 받아들었다. 세어 보니 12개의 초밥이 있었다. 6접시 분량이었다(접시당 초밥이 2개씩 있으므로). 조금 당황스러웠다. 회전초밥의 묘미는 돌아가는 회전판에서 입맛에 맞는 걸 골라 먹는 것인데 이렇게 한꺼번에 나오면…….

그래도 끼니가 늦은 손님에게 신선한 초밥을 대접하겠다는 주방장의 성의가 고마웠다. 큰 접시에 담긴 초밥들을 먹기 시작했다. 새로 만들어서인지 맛은 신선했다. 하지만 마음이 급했다. 이 초밥들을 빨리 먹어 치워야 다시금 회전판에서 골라 먹는 재미를 느낄 수 있을 테니 말이다. 그런데 생각보다 초밥이 빨리 넘어가지 않았다. 마음이 급한 데다 초밥도 많으니 질리는 느낌이 들었다. 겨우겨우 큰 접시에 담긴 초밥을 먹어 치웠다.

이제 다시 시작이다. 나는 회전판으로 시선을 돌렸다. 눈앞에 징이초밥이 지나산다. 꽤 좋아하는 초밥이다. 집어서 초밥 한 개를 입으로 가져갔다. 별로 맛있지가 않았다. 큰 접시에 담긴 초밥을 급하게 먹어서인지 이미 배가 차올랐다.

'안 되는데…. 이러면 안 되는데…. 이게 얼마짜리 점심인데…….'

장어초밥 두 개를 겨우 다 먹었다. 이후 다른 접시도 몇 개 더 먹기는 했으나 대부분 디저트였다.

계산을 하고 밖으로 나왔다. 뭔가 손해(?)를 본 느낌이 들었다. 언급했듯 큰 접시를 6접시로 계산한다면 내가 먹은 총량은 13접시 정도였다. 보통 사람에겐 적당량일 수 있으나, 평소 내 실력을 고려한다면 반도 못 먹은 양이다. 손님에게 신선한 걸 주려는 주방장의 배려가 내게는 독이 된 경우다. 여하튼 뭐든 급하게 먹는 건 좋지 않다. 여유 있고 느긋하게 먹어야 많이 먹을 수 있다는 걸 새삼 깨달았다.

소고기 특가 세일

마트에서 소고기 특가 행사를 하고 있었다

미국산이어서 싸게 판다고 했다

하지만 한우여서 맛이 부드럽다고 했다

그래서 샀다

미국산 한우를

닭곰탕과 소녀시대

동네 사람으로부터 맛집 추천을 받았다. 길 건너편 식당의 닭곰탕이 그렇게 맛있다고 한다. 갈까 말까 잠시 망설였다. 닭곰탕을 그리 좋아하지 않는 데다 추천인도 허풍이 좀 있는 사람이었기에 그랬다. 그래도 가봤다. 맛있다는 집은 가서 먹어 본다는 게 나의 모토니까.

닭곰탕을 시키고 자리에 앉았다. 손님은 많지 않았다. 밑반찬은 겉절이 김치와 무생채가 다였다. 잠시 후 닭곰탕이 나왔다. 푸짐한 편이었다. 살코기도 꽤 들어있었고 당면도 들어있었다.

'역시 맛집인가.'

기대를 하고 먹기 시작했다. 그러나 생각보다 맛이 별로였다. 조미료가 안 들어가 담백한 맛은 있었지만 전체적으로 조금 밋밋했다. 맛집치고는 손님이 없는 이유를 알 수 있었다.

며칠 뒤 추천해준 동네 사람을 만났다. 맛이 어땠느냐고 묻기에 솔직하게 답했다. 생각보다 별로였다고, 조금 따분한 맛이 었다고 말했다. 그러자 그가 손가락을 저었다.

"에이, 한 번만 먹어봐서 그래요. 몇 번 더 먹어봐요. 그 집 닭 곰탕은 먹으면 먹을수록 깊은 맛이 난다니까요. 계속 먹어봐야 맛을 알죠."

일단 알았다고 했다. 상황 봐서 더 먹어보겠다고 했다. 하지 만 속으로는 쓴웃음이 나왔다. 세상에 맛있는 음식이 얼마나 많 은가. 별맛 없는 닭곰탕의 깊은 맛을 찾기 위해 몇 번씩 다시 먹 는 노력을 왜 해야 하나. 물론 계속 먹다 보면 깊은 맛을 느낄 수 도 있다. 하지만 그 집 닭곰탕이 뭐라고 그런 수고를……. 씁쓰 레한 얼굴로 추천인을 보고 있자니 과거의 일이 떠올랐다.

소녀시대 팬들과 설전을 벌였던 기억이다. 소녀시대의 〈더 보이즈〉라는 곡이 나왔을 때였다. K팝이 세계적으로 이름을 알 리던 시점이어서 대표주자였던 소녀시대의 신곡은 상당한 기대 를 모았다. 세계 시장을 노리고 미국의 유명 작곡가 테디 라일리 Teddy Riley를 섭외했다고 했다. 상당히 세련된 곡이라고도 했다. 엄 청난 화제 속에서 선보인 〈더 보이즈〉는 그러나 발표하자마자 호불호가 확 갈렸다.

물론 어떤 노래든 찬반양론은 있게 마련이다. 〈더 보이즈〉는 기존 곡들에 비해 정도가 심했다. 나도 관심을 가지고 들어보았다. 아쉽게도 난 반대쪽이었다. 세련된 전자사운드는 점수를 줄 만했으나 전체적으로 곡이 평이했다. 기존에 널려 있던 아메리칸 팝을 버무려 K팝에 입힌 느낌이었다.

그런 내 의견을 뮤직평가 사이트에 올렸다. 예상대로 동의하는 의견과 악플이 나뉘어 달렸다. 악플 대부분은 '니 귀가 막귀여서 그렇다', '너는 음악의 음 자도 모르는 인간이다' 등등 상대할 가치가 없는 글이었다. 하지만 그중 하나, 소녀시대 팬카페 회원이라는 사람이 남긴 댓글은 꽤 인상적이었다.

· 많이 안 들어봐서 그래요. 더 보이즈를 계속 음미하며 들어보세요. 들으면 들을수록 은근한 매력을 느낄 수 있어요. 중독된다니까요.

나는 잠시나마 고개를 끄덕였다. 맞는 말이다. 듣다 보면 은근한 매력을 찾을 수도 있다. 하지만 어떤 곡이든 계속 듣다 보면 익숙해지고 좋아지게 마련이다. 대표적으로 CF음악이 그렇다. 여기서 짚고 넘어갈 건, 팝 시장에선 하루에도 수백 수천 개의 신곡이 쏟아진다는 점이다. 이런 상황에서 '저 노래를 좋아해야지!' 마음먹고 주야장천 한 곡만 듣는 사람이 몇이나 될까. 딱 들었을 때 좋으면 살아남는 거고 싫으면 도태되는 거다.

닭곰탕도 마찬가지다. 한국엔 수천수만 개의 음식점이 있다. 처음에 입맛을 붙들지 못하면 경쟁력이 떨어질 수밖에 없다. 그다지 맛있지도 않은 닭곰탕의 깊은 맛을 느끼기 위해 그 식당만 방문할 순 없는 노릇 아닌가.

어쨌든 〈더 보이즈〉는 국내 차트에서 1위를 했다. 미안하지만 노래가 좋아서라기보다는 외부 영향 때문이라는 게 나의 분석이다. 당시 소녀시대는 최전성기를 구가하고 있었기에 방송 노출 빈도가 매우 높았다. 소속사 또한 엄청난 물량 공세를 폈다. 계속 듣다 보니 익숙해졌고 좋아진 게 아닐까 싶다.

반면 미국 시장을 노리고 만든 영어 버전은 별 반응을 이끌어내지 못했다. 빌보드 서브 차트인 월드앨범 분야엔 이름을 올렸으나 메인 차트 진입엔 실패했다. 미국에서도 물량 공세를 폈다면 인기를 끌었을지 모르겠다. 하지만 한국 시장과 비교할 수 없는 크기의 미국 시장에서 물량 공세를 편다는 건 쉽지 않은 일이다.

다시 닭곰탕집 이야길 해보자. 내가 그 닭곰탕집을 맛집이라고 인정할 수 있을까. 방법은 있다. 추천한 동네 사람이 내게 계속 닭곰탕을 사주면 된다. 미처 몰랐던 깊은 맛을 느낄 때까지 계속 계속……. 허나 그런 얼빠진 짓을 할 사람은 세상에 없을 것이다.

유명한 시처럼
자세히 보니 예쁘고
오래 보니 사랑스럽다.

중국집 주방장과 배달원의 대결

　　이런저런 실패를 겪은 후 어머니집에서 빌붙어 살 때였다. 집에서 빈둥거리기가 눈치 보여 아침이면 시립도서관으로 향하곤 했다. 돈이 없었기에 점심은 매점에서 컵라면이나 빵으로 때웠다.

　　컵라면이 물릴 때면 돈을 모아 중국집에 갔다. 도서관에서 10분 거리에 있었는데 주인이 주방장을 겸하는 곳이었다. 테이블이 3개밖에 없는 작은 곳이었지만 배달 직원은 네 명이나 있었다. 인근 아파트 단지를 대상으로 하는 곳이어서 수요가 꽤 많았다.

　　중국집 대부분이 그렇듯 그곳 배달 직원들도 서빙을 겸업했다. 직원들은 온순한 편이었는데, 한 친구가 좀 거칠었다. 인상도 험악했고 불친절했다. 단무지 좀 더 달라고 하면 대꾸 없이 그냥 툭 던지고 가는 그런……

　　어쨌든 나는 그곳에서 주로 짜장면을 먹었다. 원래 짬뽕을 더 좋아하는데 땀을 많이 흘리는 관계로 홀에서는 주로 짜장면을 먹었다. 맛은 보통이었다. 그래도 다른 집에 비해 500원 정도 쌌다.

어느 날이었다. 짜장면을 시키고 자리에 앉으려는데 주방 쪽에서 시끄러운 소리가 났다. 뭐지? 고개를 돌려 주방을 보았다. 까칠한 배달원이 사장에게 소리를 지르고 있었다.

"몇 번을 말씀드려요! 짬뽕 두 그릇을 잘못 주문받은 거라니까요."
"바… 바빠서 좀 헛갈렸네."
"옆 단지로 가야 하는 건데, 짬뽕이 다 불었잖아요."
"이봐, 그건 내가 손실처리 할 테니 신경 쓰지 말고……."
"뭘 신경 쓰지 마요. 에이! 그냥 주방에서 음식이나 하지 왜 주문을 받아서리……."
"진정하라고. 옆 단지는 딴 친구한테 배달 가라고 할 테니 자네는 홀 좀 치우면 어떨까."
"뭐요! 에라이 쌍!"

목소리를 높이던 까칠이가 짬뽕 그릇을 바닥에 집어던졌다. 우장창, 소리가 나며 박살이 났다.

'이게 대체 뭔 난리람?'

나는 눈을 끔뻑거리며 내용을 추측해보았다. 주방에 있던 사장이 직접 전화 주문을 받은 모양이었다. 그런데 아파트 단지를 헛갈려 짬뽕 두 그릇이 허공에 떴다. A단지에 배달을 갔던 까칠이가 짬뽕 두 그릇을 내려놓자 "우리 짬뽕 안 시켰는데요"라는 대답이 돌아왔다. 짬뽕은 B단지에서 시킨 것이었다. 다시 그곳까지 배달을 가자니 너무 늦고 짬뽕도 불었기에 도로 가지고 온 것이었다. 안타까운 일이긴 하나 배달을 하다 보면 흔히 있을 수 있는 실수였다.

웃긴 건 까칠이의 태도였다. 주문을 잘못 받아 손해 본 건 사장이지 본인이 아니었다. 게다가 배달이 늦은 B단지에는 다른 배달원을 보내겠다고 했다. 그러니 "왜 이렇게 짬뽕이 늦었어요!"라는 고객의 꾸짖음을 까칠이가 들을 일도 없었다. 그런데도 까칠이는 큰일이라도 난 듯 신경질을 내고 있었다. 그 기세가 워낙 험악했기에 사장도 섣불리 대응을 못 했고, 배달 마치고 돌아온 직원들도 서로 눈치만 봤다.

"이런 18! 엿 같아서 일 못 하겠네."

까칠이는 욕설을 내뱉은 뒤 식당 밖으로 뛰쳐나가 버렸다. 뭔가 짜증나는 일이 있었는데, 주문 실수를 빌미로 성질을 폭발시킨 게 아닐까 싶었다. 세상에 성질 더러운 놈들은 얼마든지 있으니까.

가게에 잠시 정적이 흘렀다. 배달 직원들은 까칠이의 모습이 완전히 사라지고 나서야 한마디씩 하기 시작했다.

"미친놈, 왜 지가 오바하고 난리야."

"그러게. 혹시 배달 간 데가 아는 집인가?"

"알긴 뭘 알아. 그냥 저러는 거지."

나도 그제야 한마디 했다.

"저기요, 여기 짜장면 좀 빨리 주세요."

며칠 후 다시 그 중국집을 찾았다. 까칠이는 보이지 않았다. 그때 뛰쳐나간 이후 그만둔 모양이었다. 사장은 주방에서 무표정한 얼굴로 프라이팬을 돌리고 있었다. 다른 직원들도 쉴 새 없이 움직였다. 나는 짜장면 대신 볶음밥을 시켰다.

응답하라! 서민의 샴페인

3년 전 겨울이었다. 창작지원금을 받기 위한 사업 계획서를 짜느라 머리를 쥐어뜯고 있었다. 번번이 떨어져 체념할 만도 하건만 '그래도 이번엔'이라는 생각에 또 지원서를 작성했다.

예전보다 많은 자료를 첨부했고 지원을 받아야 하는 이유도 일목요연하게 기술했다. 그리고 한국문화예술위원회 사이트에 접속해 응모 절차를 마쳤다.

열심히 썼으니 떨어지더라도 미련은 없었다.
아니 미련은 있겠지만 아쉬움은 없을 것 같았다.
아니 아쉬움은 남더라도 최선을 다한 것으로 충분할 듯했다.
아니 최선을 다했더라도 선정이 안 되면….
이쯤 하자.

어쨌든 응모의 생명은 '선정' 또는 '당선'이다. 떨어지면 그 어떤 수식어를 붙여도 아쉽고 미련이 남는다. 애써 포장할 필요는 없다.

응모 절차를 마친 후 바람 쐬러 밖으로 나왔다. 붙잡고 있던 일에서 해방됐으니 뭔가 즐기고 싶은 기분이 들었다. 마침 연말이기도 했다. 그런데 이런저런 사정으로 인해 주머니에는 2만 원밖에 없었다.

이걸로 어떻게 나만의 시간을 즐길 수 있을까. 순간 아이디어가 떠올랐다. 샴페인(정확한 용어는 '스파클링 와인'이지만 편의상 샴페인이라고 하겠다)과 소형 피자 정도는 살 수 있을 듯했다. 국내산 샴페인이야 3000~4000원이면 살 수 있는 거고 피자도 작은 거 배달시키면 예산이 부족하지 않을 듯싶었다.

집에서 얼마 떨어지지 않은 작은 가게로 들어갔다. 샴페인부터 구매한 후 피자는 집에서 배달시키기로 했다. 샴페인과 피자를 먹으며 다운받아 놓은 영화를 보면 그럭저럭 낭만적인 겨울밤이 될 듯했다. 찬찬히 매대를 살펴보았다. 그런데 샴페인이 없었다. 뭐, 그럴 수도 있지.

나는 길 건너편 마트로 향했다. 꽤 커서 웬만한 물건은 다 있는 곳이었다.

"샴페인 있어요?"

내 질문에 점원이 고개를 흔든다. 샴페인이 없단다. 이상했

다. 웬만한 가게에는 무학에서 만든 오스카 샴페인이나 국순당
에서 만든 브라보 샴페인이 있는데……

"대신 포도주 어떠세요?"

점원이 권한다. 됐다고 손을 저었다. 샴페인을 꼭 마시고 싶
은 날이었다. 마트에서 나온 뒤 다시 걸었다. 시내에 있는 대형
마트로 가보기로 했다. 꽤 오래 걸어야 하는 거리였지만 상관없
었다. 어차피 시간은 많았으니까.
　대형마트 주류 코너에 도착했다. 샴페인을 찾아보았다. 여러
종류가 있었다. 그런데 대부분 외국산이어서 값이 비쌌다. 내가
찾는 보급형 샴페인은 도통 보이질 않았다. 물건을 정리 중인 직
원에게 물었다.

"오스카나 브라보 샴페인 있나요?"

직원이 고개를 저었다.

"무학과 국순당 모두 샴페인을 마트에 공급하지 않아요."
"왜요?"
"수지타산이 안 맞아 생산을 멈췄다고 해요."
"정말요?"

"네, 고급 샴페인은 계속 생산한다는 말도 있던데…… 어쨌든 값싼 샴페인은 생산 중지됐대요."

"아, 저런……."

나는 탄식했다. 직원이 말을 이었다.

"저희도 아쉬워요. 찾는 손님이 꽤 계시거든요."

말을 마친 직원이 매대 아래쪽으로 손을 뻗쳤다. 그러고는 먼지 묻은 샴페인을 꺼내 들었다.

"손님, 이건 어떠세요. 그나마 제일 싼 건데…."

1만 3000원짜리 칠레산이었다. 애초 계획은 몇천 원 선에서 국산 샴페인을 구매한 뒤 남은 돈으로 피자를 사 먹겠다는 것이었다. 난감했다. 계획이 어그러질 것 같았다. 그런데 난감함보다 더 강하게 드는 마음은 안타까움이었다.

오스카와 브라보 샴페인이 동시에 사라졌다는 사실이 믿기지 않았다. 그 제품들은 수십 년간 서민의 기쁨과 함께하던 동반자였다. 동네 가게에서 언제든 살 수 있던 서민의 축하주였다. 이젠 샴페인도 맘 놓고 못 마시게 되었다.

'그냥 피자에 콜라나 마실까?'

잠깐 생각했다. 하지만 마음을 다잡았다. 지금 내게 필요한 건 피자보다 샴페인이었다. 그냥 1만 3000원짜리 칠레산 샴페인을 구매했다. 피자는 사기 힘들어졌으므로 초코파이 한 상자로 대체했다.

방으로 돌아왔다.

'샴페인을 흔든 뒤 펑! 해볼까'

라는 생각은 아예 하지 않았다. 행여 한 방울이라도 흘릴세라 조심스럽게 뚜껑을 땄다. 잔에 따른 후 고급 위스키 마시듯 음미해 보았다. 비싼 만큼 맛이 다를까.

웬걸 브라보나 오스카 샴페인보다 맛이 없었다. 새삼 국산 샴페인이 그리웠다. 복숭아향 가득한 그 싸구려⑺ 감칠맛⋯⋯. 다시 생산하면 안 되는 걸까, 동네 슈퍼 어디에서든 살 수 있는 시절로 다시 돌아갈 순 없는 걸까, 생각하며 앞에 놓인 칠레산 샴페인을 바라보았다.

'음미는 무슨⋯⋯.'

그냥 병째로 벌컥벌컥 마셨다. 급하게 들이키니 탄산이 온 머리를 때렸다.

얼얼해진 머리를 초코파이로 달래며 노트북을 켰다. 다운받아 놓은 영화를 보기 위해서였다. 저장 폴더를 열고 재생 버튼을 눌렀다. 제목은 〈클레멘타인〉. 오래전 영화인데 네이버 평점이 하도 좋아서 다운받아 놓았다. 영화가 시작됐다. 끝까지 봤다. 내용에 대한 평가는 글쎄……. 생략하려다.

잘 익은 수박 확인하다 봉변(?)을

상당히 더웠던 어느 날이었다. 집으로 가던 중 과일가게를 발견했다. 새로 생긴 점포였다. 조금 촌스럽게 생긴 30대 여인이 밖으로 수박을 꺼내놓고 있었다. 한 통 달라고 했다. 여인이 들고 있던 수박을 그냥 비닐에 담았다.

별로 맛있어 보이지 않는 수박이었다. "맛있는 걸로 주세요"라고 했으나 여인은 귀찮다는 듯 "다 맛있어요"라고 말했다. 과거엔 수박을 삼각형으로 잘라내어 속을 확인시켜 줬다. 요즘은 그런 걸 안 하는 추세라는 걸 알지만, 여인의 성의 없는 태도가 마음에 걸렸다.

"속 좀 확인시켜 줄 수 있어요?"

내 말에 여인은 약간 짜증난다는 표정을 지었다. 그러고는 가게 안에서 칼을 가져왔다.

"맛있게 익었는지 삼각형으로 잘라서 보여 달라는 거죠?"

여인의 물음에 나는 고개를 끄덕였다. 여인이 칼을 치켜들었다. 삼각 모양으로 잘라내기 위해 수박 윗부분에 칼을 찔러 넣었다. 그런데,

쩌어억!

소리가 나며 수박이 쪼개졌다. 일부만 도려내기 위해 칼을 조금 찔러 넣었을 뿐인데 그 모양이었다. 수박의 강도에 문제가 있을 때 생기는 현상이다. 물론 수박 자체에 큰 하자가 있는 건 아니지만 이런 수박이 맛있을 확률은 높지 않다.

'내 그럴 줄 알았다. 쯔쯔.'

나는 속으로 혀를 찼다. 여인이 당황스러운 표정을 지었다. 그래도 다른 걸로 바꿔 달라고 할 마음은 없었다. 내가 얌체같이 굴면 쪼개진 수박은 처리가 곤란할 테니 말이다. 수박 값은 지불하되 '다음에 오면 좋은 물건으로 주세요'라고 한마디는 할 생각이었다. 그러면 나도 대범한 손님이 될 거고 여인도 뭔가 느끼는 게 있으리라 생각했다. 그러나 내가 '착한 척'을 할 기회는 없었다. 여인이 쪼개진 수박을 들고 내게 따지기 시작했기 때문이었다.

"이건 손님이 잘라 달라고 했으니 책임지셔야죠."

"네에?"

"자, 가져가세요. 가격은……."

여인이 쪼개진 수박을 봉지에 욱여넣었다. 조금 황당한 상황이었다. 누가 안 산다고 했나. 내가 수박 속을 확인시켜 달라고 한 건 맞지만, 그것을 강매의 이유로 활용할 줄은 몰랐다. 재차 말하지만 여인이 그렇게 말하지 않았어도 나는 그냥 그 수박을 사려고 했었다. 손해 안 보려 저렇게 선수를 치니 배려하려던 마음이 싹 사라졌다.

"맛있게 익었다면서요? 그런 수박이 왜 저렇게 맥없이 쪼개집니까."

"원래 잘 익을수록 이렇게 쪼개지는 거예요."

"그럼 맛있는 수박 파는 곳에선 삼각형으로 속을 확인시켜 줄 수가 없겠네요. 칼을 넣을 때마다 저렇게 다 쪼개질 테니."

"아, 그거야……."

내가 따져 묻자 여인은 별다른 대꾸를 하지 못했다. 더 싸우고는 싶은데 꼬투리가 떠오르지 않는 표정이었다. 그녀가 얄미웠지만 분위기상 안 사고 그냥 갈 수는 없었다. 그랬다간 싸움이 커질 수도 있었는데, 그건 나도 원치 않았다. 대신 서비스로 자두나 두어 개 달라고 했다. 가면서 먹게. 여인이 안 된다고 눈을 치켜떴다. 여인의 야박함에 나는 한숨이 나왔다. 더 상대할 가치가 없는 사람이었다. 그냥 돈을 꺼내려 지갑을 뒤적였다.

그때, 옆에 있던 청년이 잘 익은 자두 두 개를 내게 건넸다. 여인의 동생인 듯했다. 여인이 불만스러운 눈으로 동생을 째려봤다. 동생이 '너무 그러지 말라'며 누나를 달랬다. 그렇게 흥정을 마치고 나는 쪼개진 수박을 받아들었다.

터벅터벅 걸으며 집으로 돌아오는데 마음이 착잡했다. 안 사고 돌아서며 판을 깼어야 맞는 건지, 서비스로 자두라도 두 개 얻었으니 그냥 잘 마무리를 한 건지, 판단이 서질 않았다. 어쨌든 손해 안 보려 용을 쓰는 여인이 너무 얄미웠던 건 사실이다.

이후 그 과일가게에 다시 갈 일은 없었다. 나 과일 좋아하는데, 그 여인은 우수 고객을 놓쳤다.

너흰 모를 걸! 빠에야의 깊은 맛을

스페인 바르셀로나로 여행을 갔을 때였다. 한인 민박집 아저씨가 플라멩코 식당을 추천해 줬다. 플라멩코 공연을 보며 식사를 겸하는 곳이라고 했다. 특히 빠에야^{paella}가 유명하다고 했다. 빠에야는 스페인식 볶음밥이다. 각종 해물과 채소가 들어 있어 한국인의 입맛에 잘 맞는다고 알려져 있다.

민박집에서 만난 사람들과 함께 식당에 방문했다. 나이 지긋한 종업원의 추천을 받아 그날의 특선 빠에야를 시켰다. 애피타이저와 조각빵이 나올 무렵 벽 쪽에 마련된 무대에 불이 켜졌다. 공연을 준비하는 모양새였다.

얼마 뒤 빠에야가 나왔다. 옆을 보니 스페인 손님들은 포크로 빠에야를 먹었다. 나도 들었던 숟가락을 슬며시 내려놓고 포크를 집었다. 포크로 먹는 쌀밥이라, 색다르긴 했다. 그런데 먹어 보니 좀 짰다. 오래 뜸들이지 않아서인지 쌀도 조금 딱딱했다. 함께 간 사람들이 별로라며 포크를 내려놓기 시작했다. 나는 계속 먹었다. 내 입맛에는 그럭저럭 잘 맞았다. 하지만 나도 곧 먹는 걸 멈췄다. 플라멩코 공연이 시작됐기 때문이었다.

플라멩코는 스페인 집시의 애환을 담은 민속 무용이다. 발 구르는 소리가 특히 정열적이다. 식당에서 하도 발을 구르니 먼지 때문에 못 먹겠다고 푸념을 늘어놓는 사람도 있었다. 그런데 내부가 어두워서 특별히 먼지가 보이거나 하지는 않는다. 그 사람의 기분 탓이었으리라.

공연은 감동적이었다. 수준급 스페니시 기타 연주에 맞춰 땀을 흘리는 무희들…… . 참 멋있었다. 특히 젊은 댄서 엘리자베스의 춤사위에 나는 넋이 나가고 말았다. 얼마나 열정적으로 추는지 공연 후 바닥엔 그녀의 머리핀이 우수수 떨어져 있었다.

한국으로 돌아온 뒤에도 한동안 플라멩코의 잔상이 남았다. 혹시라도 한국에서 공연 소식이 있을까 봐 신문 문화면을 꽤나 뒤적거렸다. 간혹 공연이 있기는 했다. 하지만 가진 않았다. 문화센터 아주머니들이 하는 발표회 같은 경우가 대부분이어서였다.

그래도 스페인 음식은 가끔 먹었다. 어느 날 지인과 서울 거리를 걷다가 스페인 음식점에 들어갔다. 하몽도 팔고, 쵸리소도 팔고, 올리브유를 곁들인 각종 채소도 파는 곳이었다. 하지만 다른 음식은 관심 없었다. 빠에야를 먹고 싶었다.

주문 후 꽤 오랫동안 기다리니 빠에야가 나왔다. 스페인에서 먹었던 맛과는 조금 달랐다. 간도 적당하고 조미료 맛도 살짝 나고 쌀도 잘 익은 편이고…… . 한국식으로 변형한 듯했다. 솔직히 스페인에서 먹었던 것보다 맛있었다.

그러나 조금 실망스럽기도 했다. 내가 기대했던 건 스페인식 빠에야였다. 쌀이 딱딱하고 간이 센 투박한 빠에야 말이다. 그것을 먹으며 그때의 열정적인 플라멩코를 다시금 떠올려보고 싶었다.

그나저나 엘리자베스는 지금 어떻게 지낼까. 아마 애 엄마가 되었겠지. 행복하길 바란다.

반찬 재활용의 끝판왕 식당을 체험하다

식당 밥을 자주 사 먹는 사람이라면 유의해야 할 점이 있다. 일부 몰지각한 식당의 반찬 재활용이다. 많이 줄어들고 있다고 알고 있었는데 그케 아닌 것 같다. 지난해 소비자의 뒤통수를 제대로 날린 부산 돼지국밥집의 깍두기 재활용 사건이나, 변두리 포장마차의 어묵 재활용 사건 등을 보면……

조금 너그럽게 본다면 손님상에 나갔던 상추나 고추, 당근 같은 채소를 재활용하는 건 이해할 수도 있다. 하지만 김치, 깍두기, 콩나물, 시금치나물 등 침이 닿은 반찬을 재활용하는 건 욕지기질 나는 일이다. 나는 반찬뿐 아니라 재활용한 쌈장까지 먹어본 경험이 있다. 그야말로 음식물 재활용의 끝판왕을 체험한 경우다.

몇 년 전, 추석이 코앞에 다가온 어느 날이었다. 지방에서 사람을 만난 뒤 집으로 향하던 중이었다. 피곤한 상태인데 차가 너무 밀렸다. 찻길에 보인 소도시에서 하루 묵기로 했다. 어머니께는 '명절 당일 새벽에야 집에 도착할 수 있을 것 같다'고 양해를 구했다.

인근 여관에 여장을 풀자 여유가 생기며 배가 고파왔다. 주변을 돌아다니며 식당을 찾아보았다. 명절을 앞두고 있어 영업 중인 식당이 없었다. 그래도 조금 더 발품을 팔아보니 문을 연 식당이 보였다.

문을 열고 들어갔다. 입구에서부터 음식 찌든 냄새가 화악 풍겨 왔다. 역했지만 그냥 자리에 앉았다. 지역 규모에 비해선 큰 식당이었다. 별다른 주 종목 없이 이것저것 다 파는 그런 곳이기도 했다. 내부는 한산했다. 주위 의식 않고 홀로 고기를 구워 먹을 수 있을 것 같았다. 1인분만 시키기가 미안해서 삼겹살 2인분을 주문했다. 반주로는 백세주를 시켰다.

치이익!

불판 위에서 고기가 익어갔다. 노릇하게 익은 삼겹살을 입에 넣었다. 그런 다음 고추를 쌈장에 찍어 한 입 베어 물었다. 그런데 뭔가 이상했다. 분명히 삼겹살을 먹고 있는데 입속에선 숯불갈비 맛이 났다. 뭐지 이게? 나는 쌈장에 코를 대보았다. 숯불갈비 향이 났다. 주방에서 실수했으려니 생각하고 종업원을 불렀다.

"쌈장 좀 다시 갖다주세요."

종업원이 머리를 갸우뚱한다.

"왜 그러시죠?"
"쌈장에 뭐가 들어간 거 같아서 그래요."

내 말에 종업원이 다시 쌈장을 가지고 왔다. 새 쌈장을 젓가락으로 찍어 먹어보았다. 아까랑 똑같았다. 숯불갈비 맛이 났다.

"왜 쌈장에서 갈비 맛이 나요?"

종업원에게 물었다. 종업원이 '아니 뭐 그냥……'이라고 얼버무리며 자리를 피했다. 쌈장을 자세히 들여다보았다. 주변에 연한 기름띠가 둘러 있었다. 돼지갈비 구워 먹은 손님의 테이블에 있던 쌈장을 쌈장통에 도로 부었다가 재활용한 게 분명했다.
갑자기 입안이 느끼해졌다. 하다 하다 쌈장까지 재활용이라니. 입가심하기 위해 앞에 놓인 김치를 한 점 집어먹었다. 쉰내가 확 났다. 나는 안다. 침이 섞여 삭은 김치의 맛이 어떤지를…….
김치도 다른 손님이 먹던 걸 재활용한 게 분명했다. 따지고 싶었지만 물증이 없기에 일단은 가만히 있었다. 고기를 맛있게 먹을 수가 없어 반 이상 남겼다. 백세주는 다 마셨다. 계산하면서 주인에게 물었다. 반찬 재활용하는 것 아니냐고. 아니라고 펄

쩍 뛴다. 그런 주인에게 다시 물었다.

"그럼 쌈장에서 왜 갈비 맛이 나요?"

"그거는… 푸… 풍미를 돋우기 위해 갈비 소스를 첨가해서……."

"쌈장 주변에 기름도 떠 있던데요."

"아니, 그건……."

주인이 버벅거린다. 하도 말 같지도 않은 소리를 하기에 던지듯 돈을 건네고 나왔다. 지금은 후회스럽다. 그런 곳은 관청 위생과에 신고했어야 했다. 그렇게 더러운 식당들이 창궐하는 건 나처럼 게으른 시민의 태만한 신고의식도 한몫했으리라.

어쨌든 그동안 혼밥족으로서 수많은 식당을 다녔다. 그러면서 반찬 재활용에 대해 몇 가지 터득한 사실이 있다.

· 테이블을 치울 때 손님 앞에서 반찬들을 모아서 버리는 집은 양심업소일 확률이 높다.

· 치울 때 놓였던 반찬을 그대로 쟁반에 담고 테이블만 닦는 집은 재활용 확률이 높다.

· 필요 이상 반찬을 수북이 주거나, 반찬에 윤기가 없고 겉이 말라 있는 집은 의심해 봐야 한다.

· 반찬에서 고유한 맛이 나지 않고 다른 맛이 섞여 나는 경우. 이를테면 시금치에서 콩나물 양념 맛이 나고 감자볶음에서 김치 맛이 묻어나는 경

우, 재활용 확률이 높다.

비양심적인 식당 사장님들께 한 말씀 드리고 싶다. 반찬 재활용은 시한폭탄이나 다름없다. 헬리코박터균으로 인해 위염과 간염을 유발할 수 있을 뿐 아니라 각종 암까지 발현시킬 수 있어서다. 무엇보다 위생적으로 비위가 상한다. 자제를 부탁드린다. 님들 자식한테는 그런 음식 안 먹일 것 아닌가.

홍콩의 합석문화에 깜놀

홍콩에 다녀온 적이 있다. 유럽 여행을 마치고 돌아오던 중 스탑오버 형식으로 잠깐 들른 것이다. 1박 2일의 짧은 일정이었지만 느낌이 참 좋았다. 유럽에서 서양인들만 접하다 오랜만에 동양인들을 보니 고향에 돌아온 듯 포근함을 느꼈다 (인종차별의 뜻은 없으니 오해 없으시길 바란다. 아마 동양권에서 활동하는 서양인들도 그들의 문화권으로 돌아가면 비슷한 감정을 느끼지 않을까 생각한다).

가오룽섬의 게스트하우스에 여장을 푼 뒤 페리를 타고 홍콩섬으로 이동했다. 홍콩 금융가의 하늘을 찌를 듯한 빌딩숲에 감탄하며 거리를 누볐다. 높은 인구밀도를 증명하듯 걸음걸음마다 사람이 쏟아져 나왔다.

걷다 보니 식당가가 보였다. 어딜 가든 사람이 북적북적했다. 자리가 없나, 두리번거리는데 20대 남자 종업원이 자리가 있다며 자신이 일하는 식당으로 날 이끌었다. 그를 따라갔다. 그런데 안내받은 자리 앞에서 나는 멈칫했다.

'여기에 앉으라고?'

종업원이 안내한 4인용 테이블에는 이미 세 명의 손님이 앉아 있었다. 금융권 유니폼을 입은 여자 두 명과 남자 한 명이었다. 이런 식의 합석은 처음이었다. 그렇다고 도로 나갈 수도 없었기에 겸연쩍은 표정으로 자리에 앉았다.

종업원이 내 얼굴을 빤히 쳐다보았다.

'아, 주문을 해야지.'

하지만 홍콩 음식에 대해 아는 것이 없어 혼란스러웠다. 합석한 사람들이 먹는 음식을 살펴보았다. 옆자리 여자가 하얀 국을 먹고 있었다. 나는 손가락으로 여자의 그릇을 가리켰다. 같은 걸로 달라는 뜻이었다. 종업원이 "오케이"를 외친 뒤 뒤돌아섰다.

음식이 나오기 전 식당 분위기를 잠시 살폈다. 홍콩은 합석 문화가 발달한 듯했다. 새로 들어온 손님들이 종업원의 안내 없이도 기존 손님의 테이블에 그냥 막 앉았다. 너무 자연스러웠다. 나랑 같은 테이블에 앉은 셋은 직장 동료로 보였다. 즐겁게 떠들며 음식을 먹었다. 홍콩 영화에서나 듣던 중국어 억양이 바로 옆에서 쏟아지니 신기했다. 잠시 후 주문한 음식이 나왔다. 국인 줄 알았는데 먹어 보니 죽이었다. 미음처럼 옅은 죽 안에 생선살이 들어 있었고 생강으로 향을 냈다. 한국인에겐 다소 이질적일 수 있는 음식이었다. 나는 생선과 생강을 좋아하기에 그럭저럭 먹을 만했다.

어느 정도 죽을 먹으니 목이 말라 왔다. 앞에 놓인 물잔을 입으로 가져갔다. 억! 황급히 물잔을 내렸다. 뜨거운 차였다. 중국인들이다 보니 차를 좋아하는 건 알겠는데, 후텁지근한 홍콩 날씨 속에서 뜨거운 죽을 먹으며 뜨거운 차를 마시고 싶진 않았다. 종업원을 부르기 위해 손을 들었다. 이번엔 50대 후반으로 보이는 아주머니가 왔다.

"플리즈 기브 미 썸 아이스 워럴."

내 나름대로 최대한 혀를 굴리며 '얼음물 좀 달라'고 했다. 그런데 아주머니가 고개를 갸우뚱한다. 나는 당황했다. 혀를 너무 굴렸나? 순간 깨달았다. 아, 여긴 홍콩이지. 영국식으로 해야 맞다. 나는 다시 발음했다. 조금 딱딱한 영국식으로.

"아이스 우오타, 플리즈."

그런데도 아주머니는 내 말을 못 알아들었다. 나는 당황스러움에 얼굴이 빨개졌다. 내 영어 실력이 막장인 건 맞다. 아무리 그래도 어려운 말이 아니었는데, 이 정도는 알아들을 만한데⋯⋯.

다시 깨달았다. 홍콩 사람이라고 해서 모두 다 영어를 잘하는 건 아니라는 것을(이제 와 생각하면 그 아주머니는 홍콩인이 아니라 중국 본토인이었던 것 같다). 보다 못한 옆자리 여자가 통역을 해주었다. 그제야 알아들은 종업원 아주머니가 손을 저었다. 얼음물이 없단다. 어쩔 수 없었다. 콜라라도 마시는 수밖에.

"코크, 플리즈."

알아듣기 쉽게 최대한 짧게 말했다. 그런데 아주머니가 다시 고개를 갸우뚱했다. 또 뭐가 잘못됐나? 내가 당황해 하자 옆 여자가 다시 통역을 해 주었다.

"콜라."

딱 한 단어였다. 아주머니가 고개를 끄덕이며 음료 냉장고 쪽으로 갔다.

'아, 콜라라고 해도 되는 거였구나……'

외국에선 '콜라'라고 하면 못 알아듣는다는 말을 어디선가 들어서 '코크'라고 한 것이었다. 하긴 아이스워터도 못 알아듣는 아주머니한테 코크가 뭐람……. 머쓱한 얼굴로 옆 여자에게 고맙다고 했다. 여자가 미소로 화답하며 자리에서 일어섰다. 나가는 그들 옆으로 아주머니가 콜라를 가지고 왔다. 나는 시원한 콜라를 병째로 들이켰다. 더위가 가시는 느낌이었다.

식당에서 나온 뒤 홍콩섬의 쇼핑몰로 이동했다. 듣던 대로 화려했다. 하지만 내가 살 만한 물건은 없었다. 이후 배를 타고 숙소로 돌아왔다. 침대에 누워 TV를 켜니 선거 방송이 나왔다. 선거철인 모양이었다. 몇 분 보다 보니 피곤함이 몰려왔다.

그럭저럭 재미있는 날이었다. 식당에서 갑작스러운 합석 때문에, 미숙한 언어 소통 때문에, 당황하긴 했지만 잘못된 건 없었다. 어찌 됐든 생선죽으로 식사를 했고 콜라로 목마름도 해결했고 밖으로 나와 쇼핑몰도 구경했다. 됐다. 그럼 된 거다.

낙원상가 국밥 블루스

이번엔 한국식 합석에 대해 말해보고자 한다.

종로 낙원상가 주변엔 국밥집촌이 형성돼 있다. 간혹 젊은이
도 보이지만 주된 고객은 노인층이다. 인근 탑골공원에서 시간
을 보내다 끼니를 해결하러 찾아오시는 거다. 그래서인지 그곳
식당들은 푸짐한 양에 비해 가격이 착한 것으로 유명하다.

파견 작업 때문에 낙원상가에 들렀던 어느 날이었다. 볼일을
마친 후 국밥집촌을 찾았다. 식당에 들어서니 사람이 들끓었다.
원래도 사람이 많은 곳인데 점심시간대와 겹쳐 더욱 복잡했다.

"자리가 없어서 합석하셔야 해요."

종업원이 내게 말했다. 고개를 끄덕이니 홀로 식사 중인 중
년 아저씨의 테이블로 날 안내했다. 자리에 앉아 국밥을 시켰다.
싸게 한 끼 때우는 건데 합석이든 뭐든 큰 상관은 없었다. 잠시

후 종업원이 푸짐한 밑반찬과 함께 돼지 간과 편육을 내왔다.

'이 가격에 간과 편육까지?'

나는 흐뭇했다. 편육을 새우젓에 찍어 입으로 가져갔다. 콜라겐 특유의 쫄깃함이 잘 살아 있었다. 잠시 뒤 국밥이 나왔다. 따로국밥이 아닌 토렴한 국밥이었다. 조금 미지근하긴 했지만 맛있었다. 내용물도 푸짐했다. 합석한 아저씨는 먹는 속도가 느린 편이었다. 조용히 꼭꼭 씹어가며 먹었다. 우리는 서로를 신경 쓰지 않고 각자의 국밥에 심취했다.

그렇게 절반 이상 먹었을 즈음이었다. 건너편 테이블에서 고성이 들려왔다.

"싫다고! 그냥 혼자 먹겠다고."

4인용 테이블에 홀로 앉은 할아버지가 합석을 거부하며 목소리를 높이고 있었다. 종업원이 난감한 표정을 지었다.

"저기요, 어르신. 점심시간에는 어쩔 수가 없어요. 조금만 협조를 해주세요."

종업원 뒤에는 자리를 잡지 못한 손님이 멀뚱멀뚱 서 있었다. 하지만 할아버지는 합석할 마음이 없었다.

"먼저 와서 자리를 잡았으면 나한테 우선권이 있는 거잖아. 왜 합석을 하라 마라 해!"

할아버지도 그 나름의 논리를 갖고 있었다. 난감해하던 종업원이 주방 쪽으로 갔다. 그리고 주인과 뭔가 상의하더니 다시 할아버지에게로 왔다.

"죄송한데, 합석 안 하실 거면 나가주셨음 해요."

종업원의 통보에 할아버지가 당황한 표정을 지었다. 그래도 고집이 있는 노인이었다. 안 나가고 그냥 버텼다. 식당 측도 할아버지가 주문한 음식을 내주지 않았다. 할아버지의 테이블에는 김치, 고추 등 밑반찬만 덩그러니 놓여 있었다. 양측 입장이 팽팽한 와중 나는 국밥을 다 먹었다. 기싸움을 좀 더 보고 싶었지만 더 앉아 있을 명분이 없었다. 그냥 테이블에 돈을 올려놓은 뒤 밖으로 나왔다.

합석으로 인한 식당과 손님의 갈등.
누가 이겼는지는 나도 모른다. 누가 옳은 건지도 잘 모르겠다. 처음엔 노인이 융통성 없는 것이라 생각했다. 하지만 테이블을 선점한 자신의 권리를 주장하는 것이라면 별로 할 말이 없다. 우리나라는 홍콩처럼 합석이 자연스럽지 않기에 애매한 구석이 있다. 이런 건 서로 양보하고 양해해야 하기에 조심스럽다.

한 가지 아쉬운 건 식당 측의 사전 대비다. '점심시간엔 합석을 해야 할 수도 있습니다' 정도의 문구를 미리 벽에 붙여 놓았다면 어땠을까. 상황이 모호할 땐 기준점을 빨리 잡는 것이 해결의 첫걸음이니까.

방 구하다 떡 먹기

원룸 구하려 복덕방에 들어갔다

하지만

떡만 사들고 나왔다

가게 이름이 '복떡방'이었다

부동산 영업사원의 화려한 점심 식사

서울 강남에서 부동산 일을 했던 경험이 있다. 강남은 대한민국에서 가장 많은 돈이 모이는 곳 중 하나다. 그렇다 보니 회사에서 취급하는 부동산 물건도 적게는 수억에서 많게는 수백억 원에 달했다. 동료끼리 나누는 대화도 굉장했다.

"역삼동 △△빌딩 말이야. 딜은 잘 되고 있어?"
"아, 선배님. 그거요. 시가는 200억쯤 나오는데 양도담보가 60억쯤 잡혀 있는 상황이어서요."
"그래도 성사되면 커미션은 양타로 먹겠네?"
"매수인 측에서 대략 2억쯤 나올 것 같고 건물 측에선 4억 정도까지 바라보고 있습니다."

이런 식이었다. 영화 속에서나 보던 비즈니스맨들의 대화가 실제로 일어나는 현장이었다. 그러나 현실로 돌아오면 확 깼다. 특히 점심시간 때 그러했다.

"저, 선배님. 6000원만 빌려주세요."

"뭐하게?"

"해장국이라도 사 먹게요. 어제 소주를 많이 마셨더니……."

"야, 넌 6000원도 없냐."

"월세도 밀렸습니다. 좀 도와주십시오."

"근데, 나도 지금 6000원이 없는데……. 요즘 실적이 없어서……."

"아, 어쩌죠……."

"주머니 뒤져보니 2000원 있다. 이거라도 꿔줄까?"

"네, 주세요. 편의점에서 샌드위치라도 사 먹게요."

"옜다. 꼭 갚아라."

이것이 현실이었다. 수십 수백 억 원짜리 부동산을 당장이라도 팔 것처럼 입을 놀리던 사람들이 실상은 몇천 원도 아쉬워 빌빌댔다. 재미있지 않은가.

어쨌든 내가 일했던 부동산 회사는 기본급도 영업비도 없는 곳이었다. 100% 능력급이었다. 물론 능력을 발휘해 큰돈을 챙기는 직원도 있었지만, 극소수였다. 나머지는 겨우 입에 풀칠할 정도의 실적만 올리거나 손가락만 빨다가 그만두었다.

나는 대표적으로 바닥을 기는 직원이었다. 부동산 일을 선택했을 때의 목표는 명확했다. 젊을 때 단단히 한몫 잡고 나머지 인생은 탱자탱자 살겠다는 것이었다. 그러나 부동산 거래를 성

사시킨다는 건 생각처럼 쉽지 않았다. 더욱이 나는 영업에 재능도 없었다. 업무에 지쳐 하숙방에 돌아온 나를 기다리는 건 식은 밥뿐이었다. 그나마도 늦으면 다 치우고 없었다.

그래도 미련을 버리지 못하고 업무를 이어갔다. 영업비와 생활비로 야금야금 돈이 들어갔다. 결국, 빈털터리가 되었다. 더는 부동산 영업맨을 계속하지 못하고 대열에서 탈락했다.

사람이 망하는 건 두 가지 경우다.

· 큰 실패를 해서 재산을 갑자기 날리는 경우
· 벌이가 없어서 갖고 있던 돈을 야금야금 까먹는 경우

나는 두 번째 케이스였다. 일반적으로 '망했다'고 하면 첫 번째 케이스를 떠올리지만 두 번째 케이스의 타격도 만만치 않다. 어쨌든 망한 것이다. 강남을 떠난 이후 용산 등지에서 부동산 업무를 이어갔다. 역시 별다른 성과는 없었다. 그리고 나는 부동산 일에서 깨끗이 손을 들었다. 남은 건 공인중개사 자격증뿐이었다.

그래도 후회하진 않는다. 탐욕과 거짓과 배신과 변덕이 판치는 현장에서 부침을 겪다 보니 인간에 대해 좀 더 자세히 알게 되었으니까. '돈 앞에선 양반 없다'는 사실도 새삼 깨달았다.

무엇보다, 부동산 경험은 글을 쓰는 데 있어 많은 소재를 제공해 준다. 이 같은 부동산 영업사원의 화려한(?) 점심식사를 소

재로 해서 대본을 작성한 적도 있다. 이 대본은 유튜브 카톡 영상으로도 만들어졌는데, 상당한 조회수를 기록했다. 유튜브 측에서 카톡 영상은 수익 창출 요건에 해당하지 않는다는 결정을 내리면서 삭제하긴 했지만……. 어쨌든 긍정적으로 보면 인생엔 결코 손해가 없다. 가방에 영업서류를 넣고 강남 일대를 돌아다니던 그 시절도 내 삶의 귀중한 일부다. 어떻게든 돌려보면 뭔가는 남는 게 인생이다.

혼자 먹기 10단계

지금부터 하는 말은 나만의 주장일 확률이 99%다. 세상 사람 누구도 그렇게 생각 안 하는데 나만 그렇다고 우기는 그런……. 그래도 상관없다. 내가 그렇게 생각만 하겠다는데 시비 걸 사람은 없을 테니까.

대체 뭔 얘기냐고? '혼자 밥 먹기 레벨'을 처음 구상한 사람이 바로 나라는 거다.

이제 우리 사회에서 혼밥, 혼술은 유행을 지나 일상화 단계에 이르렀다. 나는 혼밥을 좋아한다. 같이 먹을 사람 찾아다니기 번거로워 혼자 먹다 보니 익숙해진 것도 있지만, 어쨌든 혼밥은 남 눈치 안 보고 내 입맛대로 먹을 수 있다는 장점이 있다. 혼밥, 혼술이 사회적으로 크게 대두되기 전에도 나는 혼자 먹는 것에 대해 관심이 많았다. 혼자 먹기의 레벨을 열 가지로 나눠 포털사이트 게시판에 올린 적도 있다.

1단계	편의점에서 혼자 삼각김밥 먹기
2단계	맥도날드나 롯데리아에서 혼자 먹기
3단계	푸드코트에서 혼자 먹기
4단계	김밥천국에서 혼자 먹기
5단계	동네 중국집이나 설렁탕집에서 혼자 먹기
6단계	회전초밥집이나 무한리필 참치집에서 혼자 먹기
7단계	아웃백에서 혼자 스테이크 먹기
8단계	투다리에서 혼자 한잔하기
9단계	호텔 뷔페 혼자 먹기
10단계	곱창어집이나 삼겹살집에서 혼자 구워 먹기

글을 올리자 댓글이 많이 달렸다. 오랜만에 참신한 글이라는 둥, 나는 혼자서 2단계도 못할 것 같다는 둥, 나는 여자인데 10단계 '혼자 고기 구워 먹기'보다 8단계 '혼자 술 마시기'가 더 어렵다는 둥. 악플도 있었다. 같이 밥 먹을 사람도 없는 찐따라서 이런 단계나 나누고 있다는 둥. 읽으며 많이 웃었다.

이후 시간이 흘렀다. 차츰 혼밥이 사회 이슈로 떠오르더니 각종 기사에 등장하기 시작했다. 그리고 여러 블로그에서 '혼자 먹기 10단계' 또는 '혼자 먹기 레벨' 등의 글이 등장했다. 내 글을 모방했는지는 알 수 없다. 예전 글을 캡처해 놓은 게 없으니 내가 원조임을 증빙할 수도 없다. 이제 와 그거 따져서 뭐하겠냐마는……

어쨌든 블로그들을 보면 각자 사정에 맞춘 혼자 먹기의 단계를 분류해 놓았다. 직장인이 쓴 혼자 먹기 10단계, 중학생이 쓴 혼자 먹기 10단계, 고등학생이 쓴 혼자 먹기 10단계 등.

특히 기억나는 건 어떤 대학교수가 쓴 혼자 먹기 레벨이었다. 그는 최고 난이도로 '교수가 학생식당에서 학생 수백 명과 섞여서 혼자 밥 먹기'를 꼽았다. 절로 고개가 끄덕여졌다. 하지만 그 교수의 경험담은 아닐 것이다. 시설 좋은 교직원 식당을 놔두고 굳이 학생식당에서 먹을 이유가 없지 않은가. 학생과의 친목 도모를 위해 먹을 수는 있지만, 그거야 학생들과 합의 하에 먹는 것일 테니 창피하거나 눈치 보일 일은 아닐 것이다.

여러분은 혼자 먹기 몇 단계까지 가능하신가요?

참고로 나는 10단계까지 모두 성공했다. 식당에서 혼자 꼼장어도 구워 먹어 보았고 고깃집에서 혼자 삼겹살에 소주까지 마셔보았다. 단, 그냥 성공만 했을 뿐이다. 지금도 식당에서 홀로 삼겹살이나 꼼장어를 구워 먹으려면 많은 용기가 필요하다. 편히 즐길 수준까지는 안 된다.

혼자 먹기의 최고봉에 오르다

그 어렵다는 '나 홀로 꼼장어집에서 꼼장어 구워 먹기'에 성공한 이야기를 하려고 한다. 안산에서 자취하며 회사에 다니던 시절이었다. 퇴근 후 집으로 가는 길이었다. 강하고 톡 쏘는 냄새가 코를 자극했다. 새빨간 양념의 꼼장어가 숯불에 구워지며 사방에 연기를 내뿜고 있었다.

'아, 회사에서 같이 먹을 사람 한 명 꼬셔서 나올 걸.'

후회했다. 꼼장어집에서 혼자 먹기는 쉽지 않은 일이니까.

집에 돌아와 가방을 내려놓고 멍하니 있었다. 아까 맡았던 향이 너무나도 강렬했다. 저녁 식사 때가 다가왔으나 꼼장어 외엔 어떤 것도 먹고 싶지 않았다. 가서 사 먹을까? 하지만 북적이는 사람들 사이에서 혼자 꼼장어를 구워 먹는다는 건 좀……

그냥 다른 걸 먹기로 했다. 배달음식 책자를 뒤적여 보았다. 그 어떤 것도 눈에 들어오지 않았다. 이미 꼼장어는, 유행가 가

사처럼, 내 가슴 깊은 곳에 사무친 그리움이 되었다.

　그래 먹자. 혼자 먹기 힘들다면 함께 먹을 사람이라도 찾자. 몇몇이 떠올랐다. 하지만 번거로웠다. 시간도 맞춰야 하고, 메뉴도 조정해야 하고, 술도 마셔야 하고……. 난 그냥 꼼장어만 먹고 싶었다. 지금 당장. 그렇다면 어찌해야 할까,

　'혼자 먹자!'

　간단한 답이었다. 먹고 싶은 게 죄는 아니니까. 나는 자리에서 벌떡 일어났다. 꼼장어집을 향해 힘차게 걸어갔다. 머뭇거리면 흐지부지될 것 같아 일부러 씩씩하게 걸었다. 그래도 마음속에선 '과연 먹을 수 있을까…….' 의구심이 올라왔다.

　꼼장어집 근처에 이르렀다. 밖에서 보니 아까보다 사람이 더 많았다. 갑자기 망설여졌다. 그래도 여기까지 와서 돌아갈 순 없었다. 하지만 뭔가 대비책은 필요했다. 다급히 머리를 굴려 보았다.

　　　일단은 혼자 테이블에 앉는다.
　　휴대폰을 들고 누군가에게 전화하는 척을 한다.
　　　　너 언제 와?라고 묻는다.
　　못 온다고? 난 이미 식당에 와 있는데!라고 불평하며 전화를 끊는다.

　약속이 삐그러져 어쩔 수 없이 혼자 먹게 된 상황을 만들기

로 했다. 그래야 덜 어색할 테니. 출입문을 열고 식당 안으로 들어갔다. 주위를 훑으며 혼자서 먹을 만한 구석자리를 찾아보았다. 그때, 종업원이 다가와 물었다.

"몇 분이세요?"

이런, 예상치 못한 질문이다. 어색하게 먹지 않을 방법만 궁리하다 보니 이런 기초적인 질문에도 대비를 못했다. 당황한 나는 버벅거리며 그냥 서 있었다. 상황을 눈치챈 종업원이 다시 물었다.

"혼자세요?"
"네……."

얼떨결에 솔직하게 대답했다. 답을 들은 종업원이 나를 테이블로 안내했다. 구석이면 좋았으련만 한가운데였다. 쭈뼛거리다 그냥 앉았다. 그리고 종업원에게 말했다.

"꼼장어 한 접시 주세요."
"술은요?"
"상황 봐서 시킬게요. 일단은 사이다로 주세요."

애써 담담한 목소리로 주문을 마쳤다. 어쨌든 불필요한 거짓

말 없이 내가 원하는 주문을 했다. 잠시 뒤 팔뚝 굵은 아저씨가 숯불과 불판을 들고 왔다. 연하게 올라오는 숯불 연기 사이로 주변 사람들이 보였다. 저녁 식사와 술자리를 겸한 직장인 손님이 절반, 외식 나온 가족 손님이 절반이었다. 다들 눈앞에서 익어가는 꼼장어를 뒤집기에 바빴다. 내가 혼자 와서 앉아 있건 누워 있건 신경 쓰는 사람은 없었다. '사람들은 내가 생각하는 것만큼 나한테 관심이 없다'는 명언이 다시금 떠오르는 순간이었다.

얼마 후 꼼장어와 사이다가 나왔다. 침을 꿀떡 삼키며 불판 위에 토막 난 꼼장어를 올려놓았다.

촤아악!

청량한 소리와 함께 꼼장어가 숯불 위에서 꼬물거렸다. 알맞게 익은 꼼장어를 상추에 싸서 입으로 가져갔다.

오도독, 오도독

쫄깃하면서 맵싸한 맛이 입안을 에워싼다. 매운맛을 중화시키려 사이다를 한 모금 마셨다. 톡 쏘는 맛이 화끈거리는 양념과 어우러지며 식욕을 돋웠다. 정신없이 먹다 보니 어느새 꼼장어 한 접시가 동났다. 이미 내가 목표한 바는 이뤘다. 혼자 꼼장어집에도 왔고, 먹고 싶은 걸 먹으며 육구불만도 풀었다. 하지만 이대로 일어서기엔 조금 부족했다. 손을 들어 종업원을 불렀다.

"혹시 반 접시도 가능한가요?"

종업원이 안 된다고 고개를 저었다. 어쩔 수 없었다. 한 접시 더 달라고 했다. 잠시 뒤 꼼장어가 나왔다. 절반만 불판에 구웠다. 나머진 포장해 달라고 했다. 집에 돌아온 뒤 포장한 꼼장어를 냉동실에 넣었다. 배부르게 먹어서인지 한동안은 꼼장어 생각이 나지 않았다. 그래도 꼼장어는 맛있는 음식이다. 시간이 흐르니 또 먹고 싶어졌다. 그럴 땐 친구나 직장동료와 함께 꼼장어집에 갔다. 혼자 먹기는 여전히 조금 쑥스러웠다. 그래도 혼자 먹기에 성공한 DNA가 깔렸으니 언제든 또 혼자 꼼장어를 먹을 수 있다는 자신감은 생겼다.

공깃밥 추가해 꼼사리 끼던 사장

군대에 가기 전 스포츠용품점에서 잠시 아르바이트를 했다. 정식 알바생은 아니었고 친구 대신 보름 정도 대타로 뛰었다. 대타를 부탁한 친구가 말했다.

"여자친구랑 놀이동산에 갔다가 다리를 다쳤거든. 잠시 땜빵해 줄 사람이 필요해."

설문지 알바할 때 알게 된 그리 가깝지 않은 친구였다. 그가 왜 내게 그런 부탁을 하는 것인지 조금 의아했다. 하지만 친구가 덧붙인 '너라면 믿을 수 있을 것 같아서'라는 말에 혹하고 말았다. 남자는 자신을 믿어주는 사람을 위해 목숨까지 바친다고 했다. 날 믿음직스럽게 바라보는 친구의 기대를 저버릴 수 없었다. 판매직은 해보고 싶었던 일이기도 했다.

며칠 후 가게로 출근했다. 손님에게 용품을 팔진 못했다. 내게 주어진 일은 창고 정리였다. 도매를 겸하는 곳이었기에 창고에 사람이 필요했다. 게다가 알바를 시작한 이튿날, 가게 이전이 있었다. 옮겨야 할 그 많은 짐들, 창고의 박스들, 입에서 단내가 났다. 거의 3~4일간은 막노동에 버금가는 업무를 소화해야 했다.

사장은 30대 후반의 남자였다. 결코 만만한 사람이 아니었다. 꼬장꼬장했고 요만한 거 하나 그냥 넘어가지 않았다. 일을 대할 때의 꼼꼼한 자세는 훌륭하다고 볼 수도 있었다. 그러나 업무 스타일이 촘촘하다기보다는 성격 자체가 쪼잔한 사람이었다.

특히 점심시간 때 그의 쫀쫀한 성격이 제대로 드러났다. 가게에는 오전 조 알바 누나와 오후 조 알바 누나가 있었다(누나라고 부르긴 했으나 이모뻘쯤 되는 아주머니들이었다). 점심은 주로 오전 조 누나랑 먹었다. 인근 한식집에서 김치찌개나 된장찌개 또는 생선찌개를 배달시켰다. 사장은 점심시간이 되면 슬그머니 밖으로 나가곤 했다. 처음엔 '따로 드시려나?' 싶어서 찌개를 2인분만 배달시켰다. 그런데 주문을 한 뒤 몇 분 지나면 사장이 슬그머니 가게로 돌아왔다.

"밥은 시켰어?"

"네, 생선찌개 2인분요. 근데 사장님은 안 드세요?"

"나야 뭐…. 이따가 약속이 있어서."

"그러시군요."

"야, 그러면 말 나온 김에……."

"?"

"식당에 전화해서 공깃밥 하나만 추가로 달라고 해."

"네?"

"나도 점심 거르고 나가기가 좀 뭐해서 그래. 간단하게 한술 뜨고 나가려고."

"아… 네…."

이런 식이었다. 물론 찌개 2인분에 공깃밥 추가해서 세 명이 먹는 건 별로 이상한 광경이 아니다. 하지만 사장이 종업원의 식사에 밥숟가락을 얹는 것이라면? 그것이 거의 이틀에 한 번꼴로 일어난다면? 정말 혼자 보기도 창피한 풍경이었다. 사실 점심 식대는 따로 받기로 약속돼 있었다. 그러니 사장은 우리의 점심 값을 뻥 뜯어 자신의 끼니를 해결하고 있는 셈이었다. 이런 사람이 알바비는 제대로 줄 것인지 걱정이 되기 시작했다.

시간 내서 친구를 찾아갔다. 그런데 이 녀석, 멀쩡하다.

"며칠 쉬니까 나아졌어."

친구의 말을 믿을 수가 없었다. 애초부터 아프긴 했던 것일까. 걷는 모습이 너무 자연스러웠다. 어쨌든 친구에게 고민을 털어놓았다. 사장이 엄청나게 쪼잔한 인간이다. 어떻게 찌개 2인분 시킬 때마다 공깃밥 추가로 꼽사리를 낄 수 있느냐, 첫인상부터 재수 없더니 계속 재수 없다, 알바비를 못 받을 수도 있겠다, 돈

떼이면 노동부에 신고해야 하는데 방법을 잘 모르겠다 등등. 사장의 뒷담화를 듣던 친구의 표정이 일그러졌다.

"그만해라. 우리 삼촌이야."

순간 나는 당황했다. 이후 수습하려 뭐라 뭐라 변명을 늘어놓았는데 무슨 말을 했는지는 기억이 잘 안 난다.

다음날, 나는 여느 때처럼 출근해 창고를 정리했다. 한 시간쯤 뒤 사장이 날 불렀다. 그러곤 뭐 섭은 듯한 표정으로 말했다.

"넌 오늘까지만 일해. 다음 주부터 조카가 나오니까."

그렇게 순식간에 잘렸다. 마지막 점심으로 된장찌개를 시켰다. 그날은 사장이 함께 점심을 먹지 않았다. 모처럼 편하게 식사하며 알바 누나와 대화를 나눴다. 중간쯤 친구 얘기가 나왔다. 가게 이전을 앞두고 '이삿짐 나르기 싫다'며 삼촌이랑 승강이가 있었다고 했다. 이삿짐 나르고 정리해야 하는 힘든 기간에만 내게 알바 일을 토스한 듯했다. '너라면 믿을 만해서'라는 입에 발린 청찬을 날리며……

오후에 사장이 현금으로 알바비를 줬다. 약간의 오차는 있었지만 예상 금액과 큰 차이는 없었다. 노동부 운운한 것이 효과를 발휘한 건지도 모르겠다.

퇴근 무렵 가게로 전화가 왔다. 친구였다. 여자친구랑 있는데 같이 맥주나 하자고 했다. 퇴근 후 친구가 있는 호프집으로 향했다. 맥주와 치킨을 시켰다. 골뱅이와 쥐포도 추가했다. 분위기를 띄우기 위해 알고 있던 유머 시리즈를 풀어 놓았다. 친구의 여자친구가 침을 튀기며 웃어댔다. 방정맞기 이를 데 없었지만 내 여자가 아니니 상관하지 않았다. 분위기가 화기애애해지자 친구에게 말했다. 어제 네 삼촌 욕해서 미안하다고, 아르바이트 자리 소개해 줘서 고마웠다고. 그러자 친구가 말했다.

"그렇게 미안하고 고마우면 오늘 네가 사."

그래서 계산했다. 알바비 중 상당액이 그렇게 날아갔다. 집에 와서 이불을 펴고 누웠다. 잠이 오질 않았다. 대체 뭐가 미안하고 뭐가 고맙다는 건지…… 그랬다. 그때의 나는 얼뜨기였다.

몇 달 후 나는 군대에 갔다. 이후에도 그 얄밉던 친구 생각은 별로 나지 않았다. 하지만 공깃밥 추가로 내 점심을 뺏어 먹던 사장은 오랜 시간이 흐른 지금도 가끔 생각난다. 그는 부자가 됐을까. 알 수 없다. 적어도 가난하게 살 것 같진 않다.

무한 긍정의 역겨움

　　방탄소년단이 빌보드 싱글차트를 몇 번이나 석권했을까. 2020년 여름 발표한 <Dynamite>를 시작으로 <Savage Love>, <Life Goes On>, <Butter>, <Permission to Dance>, <My Universe>까지 무려 6개의 넘버원 히트곡을 갖고 있다. 빌보드 앨범차트 또한 5번이나 1위에 올랐다(2021년 말 기준). 100여 개의 세부차트가 있는 빌보드 차트는 그중에서도 싱글차트와 앨범차트가 메인이다. 한국 가수가 이 차트를 국내 멜론차트 접수하듯이 그야말로 씹어 먹고 있다. 정말 대단한 친구들이라 아니할 수 없다.

　　문득 그들이 〈러브유어셀프 전轉 티어〉 앨범으로 한국 가수 사상 최초로 빌보드 앨범차트 정상에 올랐을 때가 떠오른다. 대통령이 축전을 보내고 온 나라가 들썩였다. 나도 기뻤다. 관련 기사와 방탄소년단의 인터뷰를 찾아보며 우리가 문화강국이 되었음을 만끽했다. 인터뷰 내용 중 슈가(민윤기) 군이 한 말이 인상 깊었다. 향후 방탄소년단이 이루고 싶은 목표로 빌보드 싱글 1위,

빌보드 앨범 1위, 그래미어워드 무대, 스타디움 투어, 세계에서 가장 영향력 있는 가수로의 성장 등을 열거했다. 그리고 그는 다음과 같은 말을 덧붙였다.

"이 모든 게 이뤄지면 좋겠지만, 이뤄질 수 없기 때문에 입 밖으로 꺼내는 게 쉽지 않았는데요. 입 밖에 나온 이상 그걸 향해서 열심히 뛰어 보도록 하겠습니다."

이쯤에서 한 가지 묻고 싶다. 이 인터뷰에서 특별한 문제점을 찾을 수 있나요? 한국식 겸손을 담은 무난한 내용 아닌가요? 부정적인 뉘앙스가 약간 포함돼 있는 게 거슬리는 분 혹시 계신가요? 이후 슈가는 자신이 말한 것을 사실상 전부 이뤄냈다. 그런데 이 평범하다면 평범한 인터뷰에서 나는 왜 깊은 인상을 받았을까. 안 좋았던 과거의 기억이 떠올랐기 때문이었다.

당시 나는 아는 선배의 주선으로 한 모임에 참석했다. 여러 분야의 다양한 사람이 모였다. 대부분 처음 보는 사람들이었다. 인사를 마친 뒤 호프집으로 이동해 맥주와 치킨을 먹었다. 맥주는 꽤 맛있었는데 치킨은 조금 눅눅했던 것으로 기억한다.

분위기가 무르익자 누군가 내게 '요즘 추진하는 일은 어떠냐?'고 물어왔다. 나는 별생각 없이 대답했다.

"글쎄요. 제가 부족하다 보니 쉽진 않을 것 같네요. 그래도 노력해 보려고요."

슈가처럼 한국식 겸손을 담은 답변이었다. 그냥 가볍게 내뱉은 말이었다. 그런데 건너편에 앉은 사람이 불쑥 끼어들었다.

"그런 답변 태도는 맘에 안 드는데요. 사람이 왜 그렇게 자신감이 없어요. 뭐든 할 수 있다는 긍정적인 태도를 가져야지."

순간적으로 너무 당황했다. 자신감과 긍정적인 태도, 물론 좋은 말이다. 하지만 사람들 앞에서 대놓고 지적을 받으니 상당한 모욕감이 느껴졌다. 그는 선배의 친구였다. 그날 처음 만난 사이여서 조심스럽게 대했는데 느닷없이 치고 들어온 것이다. 물론 내가 한 말이 듣기에 따라선 자신감 없고 부정적으로 느껴질 수도 있었다.

하지만 그렇게 대놓고 지적하는 태도 또한 긍정적이라 할 순 없었다. 한 번 그러고 말겠지, 생각하며 일단 웃어넘겼다. 하지만 아니었다. 이후에도 그는 몇 번 더 비슷한 참견을 했다. 자신감과 긍정을 강조하면서……

'저 인간, 대체 나에 대해 뭘 안다고!'

싸움을 좋아하지 않는 성격이지만 그냥 뒤집어엎고 깽값을 물까, 싶을 정도로 화가 났다. 모임을 주선한 선배의 체면도 있고 해서 정말 초인적인 인내로 참아냈다. 다음날 선배에게 전화를 걸어 대체 뭐 하는 사람이냐고 물어보았다. 컴퓨터 회사에 다니는데 부업으로 다단계 회사인 A사 일을 한다고 했다.

'아, 그랬구나…….'

나는 쓴웃음을 지었다. A사는 '다단계' 하면 가장 먼저 떠오르는 그 회사다. 다단계의 대명사로 통하는 그곳. 그가 왜 이상한 긍정론으로 사람을 짜증나게 했는지 단박에 이해할 수 있었다. 다단계 회사는 '뭐든 할 수 있다, 뭐든 팔 수 있다' 식의 주입교육을 끊임없이 하는 곳 아닌가.

어쨌든 그는 내게 꽤 깊은 아이러니를 남겼다. 그가 펼친 긍정론으로 인해 부정적인 감정을 갖게 했으니 말이다. 긍정적인 모습은 물론 훌륭하다. 그렇지만 남을 피곤하게 하지 않는 선에서 자연스럽게 긍정적이어야 한다. 무한 긍정인 사람, 억지 확신에 가득 찬 사람은 경계 1순위다. 사기꾼이나 다단계 판매원일 가능성이 커서다. 난 그냥 적당히 긍정적이고 적당히 부정적인 사람이 좋다. 그래서 방탄소년단 슈가의 인터뷰를 좋아한다.

대폿집 불판 위로 피어 오른 명대사

〈꽃피는 봄이 오면〉이라는 영화가 있다. 최민식 주연작인데 크게 히트한 영화는 아니다. 트럼펫 연주자 현우(최민식 분)가 시골 중학교 임시 음악 교사로 부임하면서 벌어지는 이 야기를 다뤘다. '베스트극장 느낌 정도의 영화'라는 평가도 있다. 뭐 사실이 그렇기도 하고……. 그래도 개인적으로는 괜찮게 본 영화다. 등장인물들의 미묘한 감정 변화를 잔잔하면서도 폭넓게 담아냈다.

영화 속에서 특히 내가 좋아하는 장면이 있다. 중반부 이후 현우가 대폿집에서 홀로 술을 마시는 장면이다. 불판 위에선 된 장찌개가 끓고 그 주위로 고기 몇 점이 놓여 있다. 그리고 소주 두 병을 마신 현우가 어머니(윤여정 분)에게 전화를 건다.

"엄마……."

"여보세요. 얘, 현우야."

"(울음을 참으며) 엄마……."

"응?"

"엄마, 나 사랑해?"

"미친놈."

"헤헤."

"얘, 현우야. 무슨 일 있니?"

"엄마, 나…."

"……"

"나, 처음부터 다시 시작하고 싶어…."

"뭘?"

"그냥 뭐든지."

"넌 지금이 처음이야. 뭘 첨부터 다시 시작해."

"……"

"얘, 현우야?"

"……(울먹임)……."

그리고 화면이 바뀐다. 꽃피는 봄이 오기까지는 아직 먼 그 어떤 시점에서 방황하는 현우, 그의 녹록지 않은 삶이 어머니와의 대화 속에 잘 녹아 있다. 누가 보기엔 별 느낌 없는 장면일 수도 있지만 내겐 매우 특별하게 다가왔다. 영화 관람 당시 나도 모든 걸 다시 시작하고픈 그런 상황이었다. 그래서인지 대폿집에서의 대사들이 꽤 사무치게 다가왔다.

세상엔 꽤 많은 명화가 있다. 그리고 그 속에 수많은 명대사가 존재한다. 명화라고 하기에도 명대사라고 하기에도 조금은 아쉽지만, 개인적으로는 참 좋아하는 영화이자 대사가 바로 〈꽃 피는 봄이 오면〉에서의 그 대폿집 대사다.

엄마, 나 처음부터 다시 시작하고 싶어.
뭘?

그냥 뭐든지.

난 진 적이 없다

부러우면 지는 거라고 했다. 난 웬만해선 지지 않으려 노력한다. 그래야 내 속이 편하니까. 하지만 내가 늘 지는 사람들이 있다. 먹방 유튜버다. 젠장…….

그들이 부럽다.

랍스타, 치킨, 피자, 스테이크, 생선회, 갈비찜……. 그 맛있는 음식들을 매일 배터지게 먹으면서 돈도 많이 번다. 물론 먹방 유튜버도 그들 나름의 어려움은 있을 것이다. 그래도 부럽다. 질투 난다.

내가 가장 즐겨 보는 채널은 〈떵개의 리얼사운드〉다. 워낙 복스럽게 먹는 데다 잡스러운 설명 없이 먹는 것에만 집중하니 몰입도가 높다. 쯔양이나 광마니의 채널도 즐겨 보는 편이다. 먹방이 자리를 잡아갈 무렵 '저런 방송은 어떻게 만들지?'라는 생각을 했었다. 하지만 유튜브 채널을 어떻게 개설하는지조차 몰랐다. 배우자니 엄두가 안 났고 촬영 장비를 마련하자니 부담스러웠다. 이 핑계 저 핑계 대는 사이 먹방 유튜버는 계속 늘어났다.

시간이 흐른 후 나도 먹방을 해볼까, 진지하게 고민했다. 하지만 망설여졌다. '이 나이에 웬 주책?'이라는 생각이 들어서였다. 주저하는 사이 먹방 유튜버는 또 늘어났다.

또 시간은 흘렀다. 늦었지만 지금부터라도! 다시금 고민했다. 그런데 얼굴을 노출해야 한다는 게 부담스러웠다. 고민만 하다가 다시 흐지부지됐다. 그 사이 얼굴을 반쯤 가리거나 아예 가면을 쓰고 음식을 먹는 먹방 유튜버도 생겨났다.

이젠 망설이지 않는다. 모든 마음의 준비를 마쳤다. 언제든 먹방을 할 수 있다. 하지만 안 하기로 했다. 내가 먹방으로 성공할 확률은 현실적으로 제로에 가깝기 때문이다. 그동안 먹방 채널은 그야말로 우후죽순 생겨났다. 이젠 거의 포화 상태다. 수익 창출은커녕 조회수 몇백 회를 넘기는 것도 힘겨워졌다. 물론 성공 가능성이 아예 없는 건 아니다. 쯔양이나 떵개같은 천재들을 능가하는 먹보라면 지금 시작해도 성공할 수 있다. 하지만 그런 실력을 갖춘 이는 흔치 않다.

보통 사람이 먹방으로 구독자를 모으려면 특이한 아이템으로 경쟁해야 하는데, 이미 그런 채널도 여기저기 생겼다. 날달걀 한판을 들이켜도, 코로 라면을 먹어도 웬만해선 눈길을 끌기가 어렵다. 내겐 그런 재주도 없고.

우물쭈물하다가 내 이럴 줄 알았지

극작가 조지 버나드 쇼의 묘비명이 가슴에 새겨지는 순간이다. 어떤 분야든 성공하는 방법은 두 가지다.

특출한 능력을 갖추거나

빨리 선점하거나

물론 능력으로 성공하는 게 바람직하지만 그것이 여의치 않으면 시작이라도 서둘러야 한다. 망설이는 순간 모든 건 날아가니까.

여정 윤이 아니라 윤여정

대학 시절이었다. 초여름 햇볕에 얼굴을 태우며 잔디밭에 누워 있었다. 한 친구가 다가와 말한다.

"야, 우리 분식집 가서 '쿨 누들*cool noodle*'이나 먹자."

나는 고개를 저었다.

"됐어. 난 그냥 학생식당에서 '헌드레드 하프*hundred half*'나 먹을래."

예상한 분도 계시겠지만, *cool noodle*은 '냉면'이고 *hundred half*는 '백반'이다. 친한 사이이다 보니 장난스럽게 말해도 대충 뜻이 통했다.

그리고 세월이 흘렀다. 언론에서 한식에 대한 엉터리 영어 메뉴판을 지적했다. 대학 시절 친구와 농담식으로 주고받던 콩글리시를 뛰어넘는 수준이었다.

육회 = six times

곰탕 = bear tang

칼국수 = knife-cut noodle

돼지주물럭 = massage pork

처음엔 장난인 줄 알았다. 하지만 정말이라고 했다. 적지 않은 식당에서 저렇게 표기하고 영업을 한다고 했다. 이것이 국정 감사에서 지적됐고 한국관광공사는 잘못 사용 중인 수백 개의 한식 표기를 바로 잡아야 했다.

수정안에 따르면 육회는 *beef tartare*, 곰탕은 *beef bone soup*, 칼국수는 *noodle soup*, 돼지주물럭은 *marinated grilled pork* 등으로 고쳐졌다. 오류를 바로잡은 건 반가웠지만 한편으로는 우리의 고유한 음식명을 굳이 외국식으로 바꿀 필요가 있나, 하는 생각도 들었다.

다시 시간은 흘렀다. 한류가 세계를 강타하면서 한국 음식도 많이 알려졌다. 이젠 한식의 고유 표기만으로도 뜻이 통하고 있다. 대표적인 게 비빔밥이다. '*Bibimbap*'이라고 하면 외국인도 알아듣는다. 굳이 *rice*를 *vegetable*과 *mix*해서 어쩌고 한 음식이라고 설명할 필요가 없다. 떡도 그냥 '*Tteok*'이라고 쓰고 갈비도 '*Galbi*'라고 쓰는 추세다. 이에 더해 우리가 만든 신조어인 '먹방(먹는 방송)'은 '*Mukbang*'으로 표기돼 세계공용어가 되었다.

이쯤에서 우리의 영어 이름 표기도 바로잡아야 하지 않을까 싶다. '홍길동'을 소개할 때 '마이 네임 이즈 길동 홍'이라고 하지 말자는 얘기다. 다들 알다시피 동양권에선 성 다음에 이름이 온다. 서구권에선 반대로 이름 다음에 성이 온다. 즉 도날드 트럼프의 이름은 '도날드'고 성은 '트럼프'다.

왜 이런 현상이 생겼을까. '나'보다는 '우리'를 중시하는 동양권에선 성이 먼저 붙고 '전체'보다는 '개인'을 우선시하는 서양권에서 이름을 먼저 부르는 것이 자연스럽지 않았나 추측해 본다. 이것은 옳고 그른 문제가 아닌 문화의 차이일 뿐이다. 그래서 우리는 서구 사람을 부를 때 있는 그대로 그들의 이름을 인정한다. 우리 식으로 트럼프 도날드라고 하지 않는다. 반면 서양인들은 우리의 이름을 부를 때 자기 식으로 바꿔 부르는 경향이 있다. 김연아를 '연아 킴', 박지성을 '지성 팍'이라고 부르는 것이다. 이것은 문제가 있다. 이름은 고유명사이기 때문이다. 자기들 입맛대로 성과 이름을 바꾸는 건 어불성설이다.

서양인들은 그렇다 치자. 왜 우리 스스로가 성과 이름을 바꿔 소개하는지 모르겠다. 아무리 영어로 말한다고 하더라도 '마이 네임 이즈 길동 홍'이라고 할 필요가 없다. 다시금 말하지만 이름은 고유명사이기 때문이다. '마이 네임 이즈 홍길동'이라고 정확히 말하되 혹시라도 헷갈려 하는 서양인이 있다면 "우리의 이름 순서는 너희와 반대야"라고 간단히 설명하면 끝이다. 그런데도 계속 자기들 식으로 이름을 바꿔 부른다면 그건 그들의 잘못이지 우리 탓이 아니다.

그래도 요즘엔 조금씩 추세가 바뀌는 듯해 다행스럽다. 아카데미 시상식에서 봉준호 감독을 '준호 봉'이라고 하지 않고 '봉준호'라고 정확하게 부르는 걸 봤을 것이다. 영국 스포츠 채널에서도 손흥민을 '흥민 손'이 아닌 '손흥민'이라고 부르는 캐스터가 점차 많아지는 추세다.

조금 아쉬웠던 건 지난해 아카데미 여우조연상을 거머쥔 한국의 자랑스러운 배우가 '윤여정'이 아닌 '여정 윤'으로 소개됐다는 점이다. 계속 노력해야 한다. 아닌 건 아닌 거니까.

습관의 무서움

늘 라면에 뭔가를 넣어 먹었다

파, 계란, 김치……

그러다 최근

설명서대로 끓여야 가장 맛있다는 말을 들었다

끓는 물 500mℓ에

분말스프를 먼저 푼 뒤 면 넣고 4분 30초

맛있긴 맛있더라

거기에 맞춰 최상의 맛이 나게끔 연구했을 테니

그리고 오늘 다시 라면을 끓였다

먹으려고 보니 계란과 파가 둥둥 떠 있다

귀공자가 라면을 먹은 까닭은

초등학교 6학년 때였다. 여러모로 뛰어났던 같은 반 아이가 있었다. K는 공부도 잘했고, 용모도 뛰어났고 집도 부유했다. 아버지가 사업을 크게 하신다고 했다. 그래서인지 선생님들도 녀석을 싸고돌았다. K는 여학생에게 인기도 많았다. 그렇게 모든 면에서 뛰어나서였을까. 녀석은 잘난 척이 심했고 남을 무시하는 경향이 강했다.

"쟤는 공부도 못하면서 어디서 아는 척을 하고 난리야."
"야, 그것도 신발이냐? 난 메이커 아니면 안 신어."

평소 녀석이 자주 내뱉는 말이었다.
점심시간 때 남학생들은 축구를 하며 놀았다. 이때 1진급과 2진급이 명확히 갈렸다. K를 비롯한 1진은 공부도 잘하고 다방면에서 뛰어난 아이들이었다. 이들은 주로 옆 반 아이들과 반 대항 시합을 했다. 그 외 찌질이들은 2진으로 분류돼 운동장 구석에서 공을 찼다. 덩치만 컸지 여러 면에서 시원찮았던 나는 자연스럽게 2진으로 분류되었다. 그래도 2진끼리는 꽤 잘 뭉쳤다. 방과 후에도 축구나 농구를 함께 했고, 땀 흘린 뒤엔 학교 앞 리어카로 달려가 번데기와 다슬기를 사 먹었다.

K는 번데기에 입도 대지 않았다. 분식집조차 칙칙하다며 가지 않았다. 여하튼 꽤나 고급스러운 귀공자였다.

그렇게 한 해가 거의 다 가고 12월이 왔다. 어느 날 우리 집 가스레인지가 고장 났다. 어머니가 '도시락을 못 싸 줄 것 같다'고 했다. 그러자 아버지가 '분식집에서 해결하라'며 점심값을 듬뿍 주셨다. 어머니가 '뭔 돈을 그리 많이 주냐'며 아버지께 눈을 흘겼다. 나는 신발도 제대로 못 신고 집 밖으로 뛰쳐나왔다. 머뭇거렸다간 점심값의 절반쯤은 토해내야 했을 테니.

수업 시간 내내 불룩한 호주머니를 만지작거렸다. 짝꿍 녀석이 내 눈치를 실실 봤다. 주머니 사정이 넉넉한 걸 눈치채고 아부 모드에 돌입한 것이었다. 하여튼 어릴 때나 지금이나 돈의 위력이란······.

4교시가 끝나고 점심시간이 왔다. '분식집에 같이 가자'며 짝꿍의 팔을 잡아끌었다. 짝꿍이 일단은 자기 도시락을 반반씩 나눠 먹자고 했다. 남기면 혼나니까 일단 먹고 분식집에서 또 먹자고 했다. 그러자고 했다. 먹고 돌아서면 배고픈 나이였으니 그 정도야 뭐. 빠르게 도시락을 나눠 먹은 후 교실을 나섰다. 분식집으로 재빨리 뛰어갔다. 그리고 문을 열고 들어서는데,

어?

그곳에 K가 있었다. 홀로 라면을 먹고 있었다. 평소 분식집 따위엔 눈길도 안 주던 녀석이 왜 여기서? 그것도 무려 라면을 먹으며? K는 나와 눈이 마주치자 머쓱해 했다.

다음날부터 K를 유심히 지켜보았다. 어딘지 모르게 위축돼 보였고 우울해 보였다. 이후에도 녀석은 종종 점심시간에 밖으로 나갔다. 분식집에서 라면으로 끼니를 때우고 있음이 분명했다.

그러거나 말거나 나는 도시락을 맛있게 먹었다. 점심 식사 후엔 여느 때와 마찬가지로 축구를 했다. 겨울철이라 공차는 애들은 별로 없었다. 비로소 2진들의 세상이 열렸다. 구석에서 벗어나 운동장 중심을 마구 가로질렀다.

그러던 어느 날이었다. 점심을 먹고 공을 차려는데 K가 내게 다가왔다.

"나도 붙여 줘."

순간 움찔했다. 1진의 끝판왕급인 녀석이 2진과 축구를 하겠다며 부탁을 하고 있었다. 나는 주변 친구들을 슬쩍 쳐다보았다. 붙여 줄까 말까? 한 친구가 다가와 귓속말을 한다.

"저 새끼, 보내 버려."

평소 K한테 무시를 많이 당하던 아이였다. 그의 뜻을 존중하기로 했다.

"안 붙여. 가봐."

나는 짧게 말했다. K가 무안한 표정을 지으며 뒤돌아섰다. 묘한 쾌감이 느껴졌다.

얼마 후 학기말 시험을 치르고 겨울방학을 맞았다. K는 졸업 학기에서 우등상을 받지 못한 눈치였다(정확하진 않다). 이후 우리는 초등학교를 졸업했다. K와는 중학교가 갈리며 다시 보기가 힘들어졌다.

그래도 궁금증은 남았다. 그토록 활기 넘치던 녀석이 왜 갑자기 방황한 것일까. 내 나름대로 추측을 해보건데, 녀석 아버지의 사업이 망한 것 같았다. 위태로운 사업 수습하느라 도시락에 신경 써줄 여유가 없지 않았을까. 집이 혼란하니 K도 공부할 정신이 없었을 테고.

그렇게 생각하니 한편으로는 K가 불쌍하기도 했다. 그래도 축구 시합에 끼워주지 않은 걸 후회하진 않았다.

친절한 비수에 대처하는 법

어느 가을날이었다. 조상님 벌초 행사가 있어 고속버스에 몸을 실었다. 금요일 오후여서 손님이 은근히 많았다. 버스가 1시간 30분쯤 달리다 휴게소에 정차했다. 작지만 깔끔해 보이는 곳이었다. 고속도로 여행의 묘미는 뭐니 뭐니 해도 휴게소에서의 군것질이다.

설레는 마음으로 식당에 들어가 우동을 시켰다. 뒤를 보니 중년 커플이 핫바와 함께 맥주를 마시고 있었다. 버스 앞 좌석에 앉았던 사람들이다. 그들 근처로 할머니가 지나갔다. 버스에서 중년 커플 건너편에 앉았던 할머니다.

"할머니, 뭐 드시려고요?"

중년 여자가 말을 걸었다. 할머니가 고개를 저었다. '돈 아껴야 한다'며 '그냥 물이나 마시겠다'고 했다. 그러자 여자 맞은편에 있던 중년 남자가 말했다.

"저희가 사드릴게요. 드시고 싶은 거 골라보세요."

"괘… 괜찮아요."

"괜찮긴요. 연세 드셨을수록 맛있는 거 많이 드셔야 해요. 살면 얼마나 사신다고요. 제가 사드릴게요."

남자가 김밥을 추가로 주문했다. 할머니가 머뭇거리다 옆자리에 앉았다.

"고마우이."

"많이 드세요. 이제 맛난 것 드실 시간도 별로 없으시잖아요. 드실 수 있을 때 챙겨 드세요."

말을 마친 남자가 맥주를 들이켰다. 얼마 후 내가 주문한 우동이 나왔다. 우동을 먹으면서도 중년 커플과 할머니가 신경 쓰였다. 특히 남자의 말투가 거슬렸다. 나쁜 의도로 하는 말은 아니었지만, 옆에서 듣기에 불편했다.

휴식 시간이 끝나고 승객 모두 버스에 올랐다. 버스가 출발한 이후에도 중년 커플은 옆자리 할머니에게 계속 말을 걸었다. 여자는 그런대로 조신한 사람이었다. 그런데 남자가 문제였다.

"어디 놀러 가는 길이세요?"

"뭐, 그냥……. 손자 보러 가는 길이에요. 놀러 다닐 여유는 없고."

"아이고, 살면 얼마나 사신다고 그러세요. 부지런히 좋은 것도 보시고 재미있게 놀러도 다니고 그러셔야죠. 그래야 후회가 없죠."

"……"

결국 할머니가 입을 다물었다. 듣기 싫다는 눈치였다. 할머니가 대꾸를 안 하니 남자가 조금 머쓱해 했다. 그는 나쁜 사람 같지는 않았다. 정情도 있어 보였다. 하지만 너무 주책이었다. 할머니께 먹을 걸 사드리고 싶었다면 그냥 사드리면 된다. '맛난 것 드실 시간이 별로 없다'느니 어쩌니 할 필요는 없다. 할머니가 놀러 다닐 여유가 없다고 하면 그냥 그렇구나, 하고 넘어가면 된다. '살면 얼마나 사신다고' 어쩌고 할 필요는 없다.

분위기가 어색해지자 옆자리 여자가 제지에 나섰다.

"자기는 왜 쓸데없는 소리를 하고 그래!"

"내가 뭘?"

"할머니가 알아서 놀러 다니시겠지. 뭘 그렇게 참견을 하고 그래."

"아니 난 그냥, 할머니를 위해서……."

"적당히 해."

여자는 남자를 자제시킨 후 할머니를 보며 "괜찮으시죠?"라고 물었다. 그러자 할머니가 대답했다.

"괜찮아요. 곧 죽을 할망구 걱정해 주는 건데 뭘. 근데 나 건강해. 오래 살 거니까 너무 걱정 말아요."

조용한 목소리였으나 말속에는 뼈가 있었다. 남자의 오지랖에 기분이 상했다는 걸 확실히 알리는 말이었다. 이후 남자는 할머니에게 말을 걸지 못했다. 덕분에 나도 편안해졌다.

남자는 친절한 말투로 할머니께 굉장한 실례를 한 것이다. 삶에 대한 애착은 젊은이나 노인이나 마찬가지일 것이다. 걱정해 주는 척하며 '살면 얼마나 사신다고'를 남발한 것은 예의 없는 행동이었다. 설마 진짜로 저렇게 말했을까…… . 의문이 들 수도 있겠지만, 현실이었다. 그렇게 눈치 없이 말하는 인간이 실제로 눈앞에 있었다. 나이도 먹을 만큼 먹은 남자였다. 나잇값을 못한다는 말 외엔 다른 설명거리를 찾기가 어렵다.

나쁜 사람은 아닌데 상대를 은근히 아프게 하는 인간 유형을 만나곤 한다. 서로 간 유지해야 할 거리를 지키지 못하고 선을 넘나드는 인간형이다. 이런 사람을 상대하는 건 쉽지 않다. 친절하고 웃는 얼굴로 선을 넘는 경우가 많아서다. 웃는 낯에 침을 뱉기란 결코 쉽지 않다.

그렇다면 상대방의 친절한 비수에 계속 찔려야만 할까. 그렇지는 않다. 큰소리를 내기 어렵다면 표정으로라도 '당신의 실언 때문에 상처받았다'는 티를 명확히 낼 필요가 있다. 상대가 웃으며 얘기하더라도 나는 절대 웃으면 안 된다. 기분 나빴다는 티를 내야 한다. 그것만으로도 상당한 효과가 있다. 좀 더 세련된 방법은 말로써 내 기분을 설명하는 것이다. 물론 쉽지는 않다. 잘못 얘기했다간 분위기를 망칠 수도 있기에 잘 돌려서 말해야 한다. 그런 면에서 중년 커플에게 건넨 할머니의 마지막 말씀은 꽤센스가 있었다.

한 입도 못 먹고 버린 김치찌개

신림동 고시촌의 한 고시학원에서 운영부장으로
근무했던 적이 있다. 겉으론 그럴싸해 보이지만 실제 업무는 노
가다였다. 사실상 모든 학원 업무를 총괄하는 자리였고 야근도
밥 먹듯 했다. 수강생 관리, 모의고사 감독 등의 고급 업무도 있
었지만 일손이 부족할 땐 칠판 닦고 지우개 털이까지 해야 했다.

나는 일을 원활하게 하려고 출퇴근을 사실상 포기하다시피
하고 학원 근처에 방을 얻어 생활했다. 이처럼 일이 많았던 건
인력 충원에 소극적이었던 학원장 탓도 있지만 나의 '착한 척'도
한몫했다. 스스로 말하기 낯간지럽지만, 당시 나는 부하 직원들
에게 인간적이고 좋은 상사였다(고 생각한다).

직원들이 불필요한 일을 하지 않게끔 궂은 일을 도맡아 했
고, 소위 '빵꾸'를 내도 "알아서 처리할 테니 걱정하지 마"라고
웃어넘겼다. 물론 짜증날 때도 있었지만 착한 이미지를 유지하
기 위해 가식적으로 굴었다. 그래서였을까. 세세한 일까지 내가
다 처리해야 하는 상황이 벌어지곤 했다.

신규강의 개설 문제로 야근을 한 다음 날이었다. 간만에 서울대 주위를 돌며 산책을 했다. 그러다 좀 더 욕심을 내 신림역 인근으로까지 내려갔다. 새벽까지 일했기에 오전엔 시간 여유가 있었다. 식사를 하고 가기로 했다.

근처 식당에 들어가 김치찌개를 시켰다. 휴대용 가스레인지에서 직접 끓여 먹는 방식이었는데, 꽤 푸짐한 양이 나왔다. 보글보글 끓으며 주위에 냄새가 퍼졌다. 맛을 보기 위해 숟가락을 들었다. 그런데 그때,

지잉지잉!
휴대폰이 울렸다. 액정을 확인하니 학원이었다.

"부장님, 큰일 났어요. 빨리 좀 도와주세요!"

여직원의 다급한 목소리가 들려왔다. 대체 뭐지? 급히 숟가락을 내려놓고 자리에서 일어났다. 김치찌개를 단 한 숟가락도 맛보지 못한 채 카운터로 향했다. 식당 주인도 놀라 눈을 껌뻑거렸다. 돈을 내고 나오자마자 택시를 탔다.

'대체 무슨 빵꾸가 난 거야!'

마음을 졸이며 학원으로 향했다. 그런데 어라, 학원 문을 열

고 들어서자 의외로 평온했다. 난장판이 돼 있을 줄 알았는데 평소랑 다를 게 없었다. 전화한 여직원에게 다가갔다. 알고 보니 강의 배포자료가 부족해 내게 전화한 것이었다.

옆 책상 아래에 추가 자료가 있었는데 찾지 못한 모양이었다. 물론 중요한 자료이긴 했다. 그래도 옆자리 동료나 관리실장에게 말해도 되는 문제였다. 내가 무서운 사람이었다면 이런 사소한 빵꾸는 부장이 알기 전 자기들끼리 쉬쉬하며 처리했을 것이다. 워낙 편하니 나부터 찾은 모양이었다.

'아, 너무 잘해줘도 안 되는구나…….'

허탈한 웃음이 나왔다. 하지만 누굴 탓하랴. 처음부터 그렇게 길들인 내 탓이지.

며칠 뒤 그 식당을 다시 찾았다. 주인이 날 기억했다.

"그때 일은 잘 해결하셨어요? 하도 급하게 나가시기에……."
"뭐, 그럭저럭……."
"다행이네요."
"그나저나 그때 김치찌개는 어떻게 처리하셨어요?"
"그건 저희가 알아서……. 헤헤."

주인이 웃으며 둘러쳤다. 하긴 그 이상의 답은 없을 게다. 자기들이 먹었든지 버렸든지 알아서 했겠지.

나는 다시금 김치찌개를 주문했다. 얼마 후 푸짐한 찌개가 눈앞에서 끓기 시작했다. 숟가락으로 건더기를 듬뿍 건져 입으로 가져갔다. 그런데 맛이 별로다. 김치 자체가 밍밍해 감칠맛이 부족했다. 깨작깨작 식사를 하는 도중 사장이 계란말이를 내민다.

"어, 이거 안 시켰는데?"

사장을 쳐다보니 서비스란다. 지난번 식사도 못 하고 돈만 내고 갔기에 미안해서 주는 거라고 했다. 고맙다고 한 뒤 밥 위에 계란말이를 얹어 입으로 가져갔다. 계란말이도 별다른 맛은 없었다. 그래도 해준 성의가 있어 먹긴 먹었지만, 밥도 계란말이도 절반쯤 남기고 말았다.

카운터에 카드를 내밀며 "아침에 우유 먹은 게 얹혀서 많이 못 먹었네요"라고 둘러댔다. 계산을 마친 주인이 "또 오세요"라고 인사했다. 정감은 있는 곳이었지만 다시 올 일은 없을 것 같았다. 식당은 맛이 본질 아닌가. 친절해도 맛없으면 발길이 안 닿는 게 인지상정이다.

몇 달 후 개인 사정이 생겨 학원에 사직서를 냈다. 그만둔 뒤에도 직원들은 한동안 내게 안부를 물어왔다. 착한 척한 보람을 느꼈다. 하지만 연락은 곧 뜸해졌다.

'내가 그렇게 잘 대해 줬는데……'

서운했다. 하지만 쓸데없는 보상심리는 버려야 했다. 직장은 일하는 곳이지 좋은 상사 추억팔이 하는 곳이 아니기에. 언급했듯 식당은 맛이 본질이다. 직장은 일하는 게 본질이고. 당시 나는 본질이 아닌 것에 신경을 쓰고 있었다.

그저 사랑하는 사람을 늦게 만났을 뿐

어느 추운 날이었다. 집에 가다 만둣집에 들렀다. 별 생각없이 주변을 지나다 후욱, 스쳐가는 만두 스팀의 향을 맡은 것이다. 고기만두 포장을 부탁한 뒤 자리에 앉았다.

옆에선 어떤 노인과 여학생이 만두와 칼국수를 먹고 있었다. 노인은 70대로 보였고 여학생은 교복에 중학교 1학년 배지를 달고 있었다. 할아버지와 손녀인 듯 보였다. 노인은 여학생에게 간장과 밑반찬 등을 챙겨주며 흐뭇한 표정을 지었다. 여느 할아버지가 그러하듯…. 여학생은 말이 많지 않으나 밝은 얼굴로 만두와 칼국수를 먹었다.

그나저나 내가 주문한 만두의 포장이 늦어지고 있었다. 지금 빚고 있어서 시간이 걸린다고 했다. 조금 짜증났지만 천천히 하라며 쿨한 척했다. 그리고 벽 쪽에 세워 놓은 보온통에서 육수를 한 그릇 받아왔다. 숟가락으로 후루룩 떠먹으며 만두가 나오길 기다렸다. 추운 날씨에 시달렸던 탓인지 뜨거운 국물은 입에 잘 맞았다. 육수가 절반쯤 사라졌을 무렵이었다.

음식을 다 먹은 여학생에게 노인이 냅킨을 챙겨주었다. 그리고 자리에서 일어나 계산을 마쳤다. 그런데 그들이 밖으로 나간 직후, 내 기분을 잡치게 하는 종업원들의 수군거림이 들려왔다.

"어머머머, 진짜야?"

"그래, 저 사람들 이전에도 몇 번 왔었어."

"그럼 딸이란 말이야? 손녀가 아니라?"

"맞다니까, 아빠라고 부르는 거 분명히 들었다니까."

"어머, 웬일이래…. 대체 몇 살에 애를 낳은 거야……."

"할아버지가 주책이네…."

"호호, 그러게."

수군거림이 아니었다. 주변에 다 들리게끔 대놓고 대화를 나눈 것이었다. 종업원이 손님 있는 곳에서 다른 손님의 뒷담화를 하는 건 좋은 모습이 아니다. 직원 교육이 안 된 집이라는 생각이 들면서 그들이 만드는 만두까지 의심스러워졌다.

특히 내 얼굴을 찌푸리게 한 건 남의 가정사에 대해 함부로 주책이네 뭐네 재단하는 그들의 모습이었다. 종업원들의 대화와 뒤늦게 끼어든 주방장의 말을 종합해보니 할아버지가 부적절한 관계나 기타 복잡한 상황으로 아이를 만든 것도 아니었다. 좀 늦게 부인을 만났고, 애를 낳은 것이라고 했다(안타깝게도 부인은 몇 년 전 병으로 죽었고). 근데 왜?

물론 나이상으로는 사회적 평균치에서 조금 벗어난 아빠와 딸임은 맞았다. 하지만 주책이니 뭐니 할 수 있는 상황은 아니었다. 노인이 사랑하는 사람을 늦게 만났을 뿐이고, 그 결실로 귀한 딸을 늦게 얻은 것뿐이니까. 무엇보다 딸은 자신의 처지를 창피해 하지 않았다. 부끄럽거나 창피했다면 늙은 아빠랑 스스럼없이 식당에 올 수 있었을까? 사람들 앞에서 거리낌 없이 노인을 '아빠'라고 부를 수 있었을까?

당사자들이 당당하게 행동하는데 왜 종업원들이 자신들의 좁은 잣대로 함부로 평가하고 험담하는지 알다가도 모를 일이었다. 그것도 주변에 다 들리게끔. 씁쓸했지만 종업원들에게 훈계할 수 있는 입장도 아니어서 그냥 텁텁한 표정으로 주문한 만두가 나오기만을 기다렸다. 얼마 후 포장한 만두가 나왔다. 나는 값을 치르고 밖으로 나왔다.

그렇게 마무리 짓고 말았냐고? 아니다. 나도 가만히 있지는 않았다. 이후 다시는 그 만둣집에 가지 않았다. 그렇게 그 만둣집에 막대한(?) 피해를 입히며 나만의 복수를 마쳤다.

뒷담화하는 버릇 오래가네…

매니저직을 거절하고 설거지를 한 이유

　　부동산 일에서 미끄러진 이후 경제적 어려움은 계속 내 발목을 잡았다. 회복을 위해 다른 여러 시도를 해보았으나 더 깊은 수렁으로 빠져들기만 했다. 그러다 몇 해 전 재정적으로 정말 큰 위기를 맞았다.

　　그 사연을 자세히 기술하려면 책 한 권 분량을 써야 하니 나중에 기회가 되면 설명하기로 하고, 어쨌든 당시 나는 정말 어려웠다. 휴대폰 요금조차 해결을 못해서 와이파이 되는 곳에서 카톡으로 최소한의 소통만 하고 살았다.

　　당장 먹고 사는 것부터가 문제였다. 여기저기 알바 자리를 알아보았다. 다행히 두 곳에서 내게 관심을 보였다. 한 곳은 패밀리 레스토랑이었고 다른 한 곳은 꽤 알려진 샌드위치 업체였다. 요식업체라는 공통점이 있었지만 제안한 업무는 크게 달랐다. 패밀리 레스토랑에선 설거지 업무를 제안했고, 샌드위치 업체에선 매니저직을 제안했다.

커헉! 매니저라니.

속으로 놀랐다. 애초 샌드위치 업체에선 주방 보조를 구한다고 했었다. 주방일 하러 간 사람에게 느닷없이 매니저를 제안하니 고맙기도 하고 얼떨떨하기도 했다. 지사장은 야무지고 야심도 있어 보였다. 그는 체인점을 몇 군데 더 낼 계획이었다.

"몇 달간 일을 배운 후 매니저로서 체인점 관리를 맡아 주세요."

지사장의 말이었다.

집에 돌아온 뒤 고민을 해보았다. 설거지를 하느냐 매니저를 하느냐. 답은 곧 나왔다. 며칠 후 나는 출근을 했다. 설거지하러 패밀리 레스토랑으로….

다들 의아할 것이다. 대체 왜 매니저 자리를 마다하고 설거지를 한 거냐고 묻고 싶을 것이다. 절박함 때문이었다.

샌드위치 업체 지사장이 내게 매니저직을 제안한 표면적인 이유는 다음과 같았다.

· 취사병 경력
· 제과 제빵 자격증
· 꽉 찬 나이
· 다양한 사회 이력

· 그럭저럭 성실해 보이는 인상

그러나 진짜 이유는 따로 있었다. '절박해 보여서'였다.

"그 나이에 알바 자리라도 찾으러 다니시는 걸 보면 형편이?"
"네…. 무척 안 좋습니다."
"상당히 절박한 환경이겠네요. 그쵸? 새 직장 구하기도 어려운 나이니까요."
"네…. 맞습니다."
"절실한 상황이니 무조건 열심히 일하겠네요. 뼈를 깎는 각오로 말이죠."
"네…. 그… 그렇죠."

이후에도 그는 나의 절실하고 절박한 상황을 계속 언급했다. 그러면서 매니저로 채용하는 걸 적극적으로 고려하겠다고 했다. 나는 조금 불편했다. 내가 절박한 것과 뼈를 깎는 각오로 일하는 것이 대체 무슨 상관이 있다는 건지.
면접을 마친 후 인터넷 취업카페에 글을 올려 의견을 물었다.

'아르바이트 면접 본 업체에서 생각보다 좋은 자리를 제안했다. 그런데 절실함을 필요 이상 강조하는 지사장 때문에 부담스럽다. 갈까 말까 고민이다.'

얼마 후 댓글들이 달렸다.

· 그런 곳은 가는 게 아니다. 책임질 일만 많아진다.
· 절실함을 약점 잡고 야근을 밥 먹듯 시킬 것 같다.
· 그런 곳에 가면 부당한 일을 당해도 참아야 한다. 절박하니까.

취업 문제로 고민하는 사람들인지라 내가 껄끄러워하는 부분을 정확히 알고 있었다. 결국, 샌드위치 업체 매니저 일을 포기하고 패밀리 레스토랑에서 설거지를 하기로 했다. 몸은 힘들지언정 마음은 편할 것 같았다. 사실 두 곳의 급여 차이도 그리 크지 않았다.

마음을 정한 후 샌드위치 업체에 연락했다. '좋게 봐주신 점 고맙지만 함께 할 수 없을 것 같다'고 했다. 지사장이 '대체 무슨 이유냐?'고 물었다. 직접 말하기가 미안해서 '개인 사정 때문'이라고 에둘렀다.

사실 그 지사장님은 고마운 분이다. 이유야 어찌 됐든 나를 좋게 봤기에 책임 있는 자리도 제안했던 것일 테니. 다만 직원의 입장에서 생각하는 능력이 조금 부족하셨던 것뿐이다.

각설하고,

일자리가 절실한 사람은 많다. 하지만 그건 그 사람의 사정이다. 고용주는 계약 관계에 따라 약속한 일만 시키면 된다. 그 사람의 절박함을 강조하며 이용하려 들면 안 된다. 직장은 그럴 권리가 없으니까.

세 개의 선한 마음

대학교 2학년 때였다. 여름방학 때 학비를 버느라 2학기 등록이 조금 늦어졌다. 2학기는 보통 8월 말에 개강하는데 나는 9월 중순쯤에야 학교에 갈 수 있었다.

걱정하던 친구들이 내 주위에 모여들었다. 고마웠다. 친구들과 이런저런 대화를 나누다 보니 점심시간이 되었다. 아침을 늦게 먹었고 교수님과 면담도 잡혀 있는 상태라 점심을 먹을 상황이 아니었다. 그래도 날 기다려 준 친구들에게 한턱 쏘고 싶었다. 알바 마치고 돈을 챙긴 상태였기에 여유도 있었다.

괜찮다고 거절하는 친구들을 데리고 제2학생식당으로 갔다. 카페테리아식이어서 반찬을 종류별로 계산하는 곳이었다. 탕수육, 장조림, 해파리냉채, 동태조림 등 맛있는 반찬이 많았다. 친구들은 비싼 반찬 대신 싼 채소류만 골랐다. 착한 녀석들이라 내 주머니 사정을 생각해 준 것이었다. 보다 못한 내가 비싼 반찬을 집어 들었다.

"야, 탕수육 하나 골라."

"됐어. 이것만 먹어도 돼."

"그럼 소시지라도."

"됐다니까. 그냥 내려놔."

친구들이 나를 강하게 제지했다. 그리고 창가에 가서 앉았다. 나는 반찬값을 계산하기 위해 카운터로 향했다. 카운터 아주머니의 표정이 약간 이상했다. 뭔가 불쌍하다는 표정으로 나를 쳐다보았다.

"학생, 괜찮아?"

"네?"

"내가 계속 지켜보고 있었는데…."

"?"

"친구들이 왜 그렇게 이기적이야?"

"무슨… 말씀이시죠?"

"학생은 탕수육이랑 소시지 먹고 싶은데, 친구들이 고집부려서 못 먹는 거잖아. 그치?"

"네에?"

아주머니께 뭐라 드릴 말씀이 없었다. 세 개의 선한 마음이 이상하게 얽히며 불협화음이 일어났다. 친구들에게 좋은 반찬을 사주려던 나, 돈 아끼라며 만류한 친구들, 그런 모습을 오해해 내 편을 들어준 카운터 아주머니…….

묘한 상황이었다. 뭐, 살다 보면 의도와는 다르게 상황이 흘러가기도 하니까. 아주머니께 그냥 돈을 건넸다. 뭐라고 길게 해명하기도 번거로웠다. 계산 끝났다는 신호가 떨어지자 친구들이 밥을 먹기 시작했다. 그들을 잠시 바라보다 자리에서 일어났다.

카운터 아주머니가 '어? 쟤는 왜 안 먹고 나가지?'라는 표정으로 날 바라보았다. 아주머니께 피식 미소를 선물한 후 교수님 연구실로 향했다. 아마 오해는 풀리셨으리라.

정겨운 카운터 아주머니, 맑고 착했던 친구들, 푸르렀던 젊음…….

아름다운 시절이었다. 황량했던 내 인생에서 그런 행복했던 시절이 짧게라도 있었음에 감사한다. 아아, 그때로 돌아가고 싶다.

그 시절 롯데리아에선

서울 덕수궁길을 따라 걷다 보면 서울시의회 본관이 나온다. 내가 초등학교에 다닐 때만 해도 그곳은 세종문화회관 별관이었다. 각종 문화공연이 열렸으며 방학 땐 만화영화를 상영했다. 친구들과 그곳에서 야구 만화를 본 뒤 이현세의 '설까치'와 이상무의 '독고탁' 중 누가 더 위대한 투수인지를 두고 피터지게 논쟁을 벌였던 기억이 난다.

만화영화를 본 뒤엔 명동으로 이동해 롯데리아 햄버거를 사 먹곤 했다. 햄버거 전문점이 흔치 않던 시절이었다. 극장에서 만화영화를 본 후 햄버거 전문점에서 세트 음식을 먹는 건 아무나 누릴 수 없는 특권이었다.

그 시절의 어느 날이었다. 친동생과 세종문화회관에서 만화영화를 본 뒤 명동 롯데백화점으로 이동했다. 일단 백화점부터 구경했다. 사지도 않을 물건들을 실컷 들여다본 후 지하로 내려갔다. 롯데리아에서 햄버거를 사 먹기 위해서였다. 지하 공간에 놓인 테이블이 꽉 차 있었다. 일단 간이의자에 앉았다.

"테이블82, 1번 세트. 테이크아웃."

"101번 홀, B세트랑 프렌치프라이. 땡큐!"

점원 누나들이 외치는 말들이 참 멋있게 들렸다. 일단 영어니까 뭐……

치즈버거 세트를 시킨 후 다시 간이의자에 앉았다. 잠시 뒤 맞은편 간이의자에 앉아 있던 남자와 눈이 마주쳤다. 대학생 정도로 보이는 젊은이였다.

"너희들 만화영화 보고 왔니?"

젊은이가 우리에게 물었다. 동생이 들고 있던 만화 팸플릿을 본 모양이었다. 내가 "네"라고 대답하자 그가 싱긋 미소를 지었다. 그의 옆에는 중학생으로 보이는 소년이 햄버거를 먹고 있었다.

"야, 천천히 먹어라. 체하겠다. 콜라도 좀 마시고."

젊은이가 중학생에게 말했다. 일행인 모양이었다. 중학생은 햄버거와 콜라를 먹고 있었고, 그는 물만 마시고 있었다.

"요즘 애들 참 좋겠다. 방학이라고 만화영화도 보고 햄버거도 먹고."

그가 다시 말했다. 그런 그를 중학생이 흘끗 쳐다보았다. 그
러자 그는 손을 저으며 "아니야, 혼잣말한 거니까 신경 쓰지 말
고 그냥 먹어"라고 말했다.

잠시 뒤 우리가 주문한 치즈버거 세트가 나왔다. 오랜만에
먹는 햄버거의 풍부한 맛을 만끽하며 꼭꼭 씹어 먹었다. 먹으면
서 그 젊은이와 몇 번 눈이 마주쳤다. 그는 바빴다. 우리의 먹는
모습을 가만히 보다가, 물잔을 만지작거리다가, 옆자리 중학생
쪽으로 고개를 돌렸다가……

몇 분 후 중학생이 다 먹은 듯 휴지로 입가를 닦아냈다. 햄버
거는 1/3가량 남긴 상태였다. 중학생이 자리에서 일어섰다. 젊은
이는 일어서지 않았다. 중학생이 밖으로 나갔다. 젊은이는 가만
히 앉아 있었다. 뭔가 이상했다.

"어? 같이 온 게 아닌가 보네?"
"그러게……"

나랑 동생은 소곤소곤 말을 주고받았다. 젊은이가 하도 천연
덕스럽게 행동하기에 중학생과 일행인 줄로만 알았다. 형제인가
싶기도 했다. 그런데 아니었다. 어쨌든 나랑 동생은 다시 햄버거
를 먹기 시작했다. 그런데 얼마 후 이상한 상황이 벌어졌다.

우당탕!

갑자기 의자 넘어지는 소리가 났다. 젊은이가 급히 일어나면서 의자가 넘어진 것이었다. 그는 빠른 손놀림으로 중학생이 남긴 햄버거를 입에 욱여넣으며 도망치듯 밖으로 나갔다. 나는 어안이 벙벙했다. 지금껏 그가 했던 자연스러운 행동들은 모두 햄버거 한 입 훔쳐 먹기 위한 연출이었던 모양이다. 황급히 롯데리아를 빠져나가는 그를 보며 주위 사람들이 혀를 찼다.

"뭐야 저 사람?"
"별 이상한 놈 다 보겠네."

나는 뭔가 오싹했다. 그가 우리 옆에 있었다면 분명 나와 동생의 햄버거를 노렸을 테니까.

당시는 풍요와 배고픔이 공존하던 과도기였다. 감사하게도 나는 풍족한 쪽이었기에 세종문화회관에서 만화영화도 보고 롯데리아에서 햄버거도 마음껏 사 먹을 수 있었다. 하지만 그 젊은이는 배고픈 쪽이었기에 햄버거 한 입 먹어 보고자 그런 행동을 해야 했다.

이후 긴 시간이 흘렀다. 그때의 해프닝은 내 기억에서 거의 사라졌다. 기억이 되살아난 건 내가 실패를 겪고 경제적인 위기에 봉착했을 무렵이었다. 수면 아래에 가라앉아 있던 그때의 기억이 위로 떠올랐다. 황당하거나 오싹한 느낌 대신 측은함이 앞섰다. 얼마나 배가 고팠으면, 얼마나 햄버거가 먹고 싶었으면, 그런 행동을 했을까 싶었다.

문득 궁금하다. 그는 현재 어떻게 지낼까. 살림살이 좀 나아졌을까 아니면 여전히 쪼들릴까. 쪼들리더라도 햄버거는 자주 먹을 수 있겠지. 이제 햄버거는 서민의 음식이 됐으니까. 그만큼 세상이 많이 변했다. 나도 변했고, 아마 그도 변했을 거다.

손님은 바보가 아니다

몇 년 전 일이다. 코로나19가 세상을 덮치기 전, 자영업자들이 피를 흘리며 죽어나기 전……

집 근처에 순댓국집이 생겼다. 꽤 맛있는 집이었다. 걸쭉하고 맵싸한 국물에 부추와 깻잎이 들어있어 감자탕 맛이 났다. 서비스도 좋았다. 순댓국 일반을 시켜도 머리고기를 몇 점 잘라 따로 내주었다. 국밥 속 내용물도 푸짐한 편이었다. 그런데도 가격은 5500원. 주변 시세보다 저렴했다. 싸고 맛있으니 사람이 몰렸다. 나도 자주 갔다.

어느 정도 자리를 잡자 식당에 변화가 생겼다. 순댓국 가격이 1000원 올라 6500원이 되었다. 아쉬웠지만 이해했다. 인건비도 오르고 재료비도 오르는데 계속 싼 가격을 유지할 순 없었을 거다. 가격 인상 후 약간 손님이 줄어들었다. 그래도 큰 타격은 없어 보였다. 맛은 여전히 괜찮았고 가격도 주변보다 500원 정도 쌌으니까.

그렇게 몇 달이 지났다. 가게에 이상한 문구가 붙었다.

나는 고개를 갸우뚱했다. 저게 무슨 의미지? 순댓국집이 맛으로 승부하지 그럼 뭐로 승부한단 말인가. 잠시 후 이유를 알게 됐다. 국밥을 시키니 서비스로 주던 머리고기를 더는 내놓지 않았다.

'아하, 그래서 순댓국의 맛으로만 승부하겠다고 했구나….'

떨떠름한 기분이 들었다. 그들 나름의 사정이 있었겠지만, 이 가게의 파국이 멀지 않았음을 직감했다. 예상처럼 손님은 점차 줄어들었다. 수심이 가득하던 주인장은 무리수를 뒀다. 부족한 매출액을 메우기 위해 또다시 가격 인상을 단행했다. 500원 올려 7000원, 이젠 가격 경쟁력도 없어졌다.

그런대로 맛은 있는 집이었기에 내가 예상했던 것처럼 급속히 파국으로 치닫진 않았다. 하지만 사람이 몰리던 초반과는 달리 겨우 현상 유지나 하는 식당으로 전락해 버렸다. 싸고 서비스 좋았던 기조를 계속 유지했다면 지역 맛집으로 뿌리를 내릴 수도 있었는데…. 지금은 어떻게 운영되는지 모르겠다. 나는 그 지역을 이미 떠났으니….

어쨌든 손님은 바보가 아니다. 가격 변화에 매우 민감하다. 서비스에도 민감하다. 약간만 달라져도 곧바로 알아낸다. 그게 손님이다.

'설마 주인이 그걸 몰랐을까?'

이렇게 생각하실 수 있다. 하지만 몰랐을 가능성도 농후하
다. 기본 상식도 모르고 장사하는 사람이 은근히 많다. 백종원의
〈골목식당〉에 나오는 무개념 사장들을 봐도 알 수 있지 않은가.
아마추어처럼 운영하면서도 '내가 하면 괜찮아', '나는 달라'라고
생각하는 것이다.

점포를 구할 때도 마찬가지다. 부동산 일을 할 때 느꼈던 건
데, 으슥하고 후미진 상가에 '임대합니다' 팻말이 붙어 있으면
참으로 난감하다. '도대체 어떤 바보가 저런 자리에서 장사를 할
까?' 싶어서다. 하지만 분명한 사실이 있다. 그렇게 외진 곳에도
틀림없이 임자가 나타난다는 것이다.

대체 왜?

자신만은 다를 것이라고 생각하니까. 자신만은 이런 외진 터
에서도 성공할 수 있다고 생각하니까. 내 음식은 특별하고 내 기
술은 남다르니 경쟁력이 있다고 우기지만 세상엔 날고 기는 음
식점이 쌔고 쌨다. 결국, 외진 곳에 문을 연 가게는 몇 달 후 틀림
없이 망해 나간다.

객관성을 잃고 자만하는 순간 모든 건 한 방에 날아간다. 세
상은 절대 만만한 곳이 아니기에.

소문의 위력은 우리의 상상을 넘어선다

어릴 때 자주 가던 떡볶이집이 있었다. 떡볶이에 분홍소시지를 첨가해 맛을 내는 독특한 집이었다. 처음엔 떡볶이만 팔다가 나중엔 녹두빈대떡도 메뉴에 추가했다. 많은 재료가 들어가진 않았으나 돼지기름으로 부쳐내기에 감칠맛이 있는 빈대떡이었다. 사람이 몰리는 건 당연했다.

포장마차로 시작한 떡볶이집이었지만 장사가 잘되자 정식으로 가게를 얻었다. 일손이 달리다 보니 아저씨도 함께 장사를 했다. 아주머니는 떡볶이를 만들고 아저씨는 옆에서 녹두빈대떡을 부쳤다. 녹두빈대떡 한 장을 밑에 깔고 그 위에 떡볶이 1인분을 올리고 삶은 달걀 한 개를 얹은 메뉴가 특히 인기였다. 동네 아이들은 그걸 '삼짬뽕'이라고 불렀다. 배고플 때 삼짬뽕 하나 먹으면 온종일 속이 든든했다.

그렇게 삼짬뽕 떡볶이집이 마을의 입맛을 석권해 갈 무렵이었다.

몇 십 미터 아래에 새 떡볶이집이 생겼다. 원래 빙수를 팔던 곳이었는데 떡볶이집으로 업종 전환을 한 것이었다. 대형 슈퍼마켓 앞에 자리를 잡았기에 위치상으론 빙수 떡볶이집이 유리했다. 그곳에서도 녹두빈대떡과 삶은 달걀을 메뉴에 추가했다. 그렇게 삼짬뽕 떡볶이집과 빙수 떡볶이집 사이에 경쟁 구도가 형성되었다.

그러나 라이벌 관계는 오래가지 못했다. 빙수 떡볶이집의 음식 맛이 삼짬뽕 떡볶이집에 비해 한참 떨어졌기 때문이었다. 빙수가 한철 장사라 사시사철 인기 있는 떡볶이로 메뉴를 바꾼 것까진 좋았으나 주 종목이 아니다 보니 맛이 떨어질 수밖에 없었다. 그렇게 두 집 간 경쟁 관계는 싱겁게 끝을 맺는 듯했다.

하지만 상황은 그렇게 단순하게 흘러가지 않았다. 얼마 후 삼짬뽕 떡볶이집의 손님이 급격히 줄어들기 시작했다. 이상한 소문이 돌아서였다. 삼짬뽕 떡볶이집 아주머니는 유방암 환자이고 아저씨는 폐결핵을 앓고 있다는 내용이었다.

어디서 비롯된 소문이었는지는 모르겠지만 그 말을 접한 순간 입맛이 뚝 떨어졌다. 어린 나이였어도 유방암과 폐결핵이 심각한 질환이라는 건 알았다. 유방암이야 음식 만드는 것과 별 상관이 없기에 소문이 사실이어도 크게 문제 될 게 없었지만 폐결핵은 상황이 좀 달랐다. 어쩌다 그 떡볶이집에 가게 되더라도 아저씨가 부치는 빈대떡만큼은 절대로 먹지 않았다(아저씨가 좀 마른 편이긴 했었다).

녹두빈대떡이 먹고 싶을 땐 어쩔 수 없이 빙수 떡볶이집으로 갔다. 빈대떡만 먹고 오기가 아쉬워 떡볶이와 삶은 달걀도 함께 먹었다. 나 같은 사람이 많은 모양인지 소문이 돈 이후 사람들의 발길은 자연히 빙수 떡볶이집으로 향했다. 그러자 빙수 떡볶이집 아주머니는 연신 입을 씰룩거렸다. 다시 두 집 간 경쟁 구도가 시작된 것이다.

어느 날 아침이었다. 일찍부터 어머니의 심부름이 있었다. 이삿짐 담을 박스를 구해 오라는 것이었다. 눈을 비비며 슈퍼에 갔다. 그곳에 삼짬뽕 떡볶이집 아주머니가 있었다. 슈퍼 사장님을 붙들고 뭔가를 하소연 중이었다. 나는 박스를 고르는 척하며 이야기를 엿들었다.

"대체 그 여자는 나랑 무슨 원수가 졌다고 그런 말도 안 되는 소문을!"

아주머니가 열변을 토했다. 삼짬뽕 떡볶이집에 대해 악소문을 퍼뜨린 게 빙수 떡볶이집 아주머니라고 했다. 헉, 나는 놀랐다. 원래 말 많은 빙수 아주머니이긴 했으나 그런 식으로 경쟁 가게에 타격을 줬으리라곤 상상도 못했다.

"자자, 진정하시게. 이따가 문 열면 내가 알아듣게 잘 설명할 테니."

슈퍼 사장님이 삼짬뽕 떡볶이집 아주머니를 달랬다. 하지만 아주머니는 좀처럼 흥분을 가라앉히지 못했다. 빙수 떡볶이집이 문을 연 상태였다면 아주머니들끼리 머리끄덩이를 잡고 싸웠을지도 모른다. 얼마 후 우리 집은 이사를 했다. 이에 따라 두 떡볶이집의 싸움이 어떻게 전개됐는지는 알 수 없다.

그래도 어린 나이에 깨달았던 건 있다. 소문의 위력이란 참으로 대단하다는 것이었다. 진위를 떠나 말이 도는 것만으로도 상대에게 큰 피해를 끼칠 수 있었다. 상대방을 음해해 자신의 이익을 도모하는 행위를 '네거티브 전략'이라고 한다. 매우 비겁하고 교활한 짓이지만 효과는 어마무시하다. 인간의 잔인한 속성 때문이다. 우리는 누군가의 장점이나 업적에는 시큰둥하지만 약점이나 상처에는 즉각 반응하는 경향이 있다. 그렇기에 정치인들이 선거철마다 네거티브를 포기하지 못하는 것이다.

'기쁨은 나누면 질투가 되고 슬픔은 나누면 약점이 된다'는 말이 괜히 나온 게 아니리라.

시골 인심 믿었다가 뒤통수를

　　　　　미리 말씀드리지만 이건 그냥 개인적인 경험담이다. '시골이 좋다 나쁘다', '도시가 나쁘다 좋다'를 객관적으로 논하는 글이 아니라는 점 양해 부탁드린다.

　　그럼 시작합니다.

　　은행에서 잡지를 읽다 흥미로운 기사를 발견했다. 귀촌 인구 중 텃세를 이기지 못하고 도시로 돌아오는 사람이 늘고 있다는 내용이었다. 비합리적인 마을 운영, 발전기금 및 금품 요구, 각종 참견과 오지랖 등 도시에서는 접하기 힘든 일들로 괴로워하고 있다고 했다. 기사를 읽으며 여러 생각을 했다. 그리고 느닷없이 소라점이 생각났다(소라점과 관련한 이야기는 뒤에 하겠다).

　　내가 어렸을 때 농어촌은 선善이었다. 맑은 자연환경, 땀 흘리는 정직한 노동, 순박한 사람들로 대표되는 선한 이미지였다. 반면 도시는 악惡이었다. 삭막한 빌딩 숲, 복잡한 시스템, 얌체 같은 사람들로 이루어진 야박한 이미지였다.

물론 대놓고 시골은 선, 도시는 악이라고 배우진 않았다. 하지만 전반적인 사회 분위기가 그러했다. 전원일기는 언제나 해피엔딩이었고, 알프스 소녀 하이디는 도시 생활에 희생당한 불쌍한 시골 소녀였다. 「시골쥐와 서울쥐」 우화에서도 시골쥐는 좋은 쪽, 서울쥐는 나쁜 쪽이었다.

나는 도시에서 나고 자랐다. 그렇기에 도시가 편하고 좋았다. 하지만 빌딩과 아스팔트가 편하다는 말을 대외적으로 하긴 어려웠다. 뭔가 나쁜 사람처럼 보일 것 같아서였다.

시골의 순박함에 뒤통수를 맞은 건 초등학생 때였다. 어느 여름날 나는 엄마와 서해의 어떤 섬에 놀러 갔다. 몇몇 친척도 함께 갔다. 배 타고 섬에 들어갔다가 몇 시간 후 배를 타고 나오는 코스였다. 섬에 도착한 우리들은 물놀이를 즐기며 시간을 보냈다. 그리고 저녁 무렵 다시 뭍으로 나가기 위해 배를 기다렸다.

부둣가는 북적북적했다. 떠나는 관광객들을 상대로 섬사람들이 노점판을 벌였기 때문이었다. 나는 엄마랑 노점상 물건들을 구경했다. 해삼, 조개, 멍게 등 각종 해산물이 있었다. 조금 외진 곳에선 한 아주머니가 소라를 팔고 있었다. 유독 그곳에 손님이 많았다. 도심에 비해 훨씬 싸다고 했다. 엄마도 그곳에서 소라를 샀다. "좀 더 주세요"라는 말이 떨어지기가 무섭게 막 퍼 담아 주었다.

'아, 역시…….'

시골의 넉넉한 인심을 느끼는 순간이었다. 그렇게 엄마는 푸짐한 소라 봉지를 들고 배에 올랐다. 엄마의 뒤를 따르며 나는 미소 지었다.

'집에 가면 맛있는 소라찜을 먹을 수 있겠구나…….'

나는 어릴 때도 해산물을 좋아했다. 쫄깃한 소라를 상큼한 초고추장에 찍어 입으로 가져가면……. 으흣! 상상만으로도 즐거웠다.

뿌우우!

출발을 알리는 뱃고동 소리가 났다. 승객들이 손을 흔들기 위해 난간 쪽으로 나왔다. 우리 가족도 밖으로 나왔다. 그런데 노점상 쪽에서 고함이 들려왔다.

"상한 소라를 팔면 어떡해요! 이 아줌마 사람 잡겠네."

아까 우리가 소라를 구매한 그 노점상이었다. 상한 소라를 산 사람이 배에 오르는 걸 포기하고 아주머니에게 따지고 있었다. 노점상에서 막 퍼준 이유가 있었다. 배 타고 떠난 사람은 돌아오지 않는다는 점을 이용해 재고 처리를 한 것이었다. 황급히 옆을 보니 엄마의 얼굴이 사색이었다.

"아휴, 어떡해. 이걸……."

엄마가 잔뜩 산 소라를 들고 발을 동동 굴렀다. 배 여기저기서 엄마랑 비슷하게 발을 구르는 사람들이 보였다. 하지만 이미 배는 출발한 상태였다. 순박한 게 아니라 영악한 섬마을 아주머니였다.

물론 그 사건 하나로 전체 어촌 사람의 인성을 평가할 순 없을 것이다. 순박하고 좋은 분도 많다는 걸 부정하진 않는다. 하지만 그때의 사건은 시골 인심이 결코 후덕하지만은 않다는 걸 느끼게 했다.

이후 많은 시간이 흘렀다. 그리고 귀촌 기사를 계기로 나는 다시 생각해 본다.

'도시 생활과 시골 생활.'

어느 환경이 더 좋다 나쁘다를 논할 순 없을 듯하다. 그저 좋은 사람과 나쁜 사람만 있을 뿐.

고등어회

누군가 내게 물었다

"고등어회의 맛은 어떤가요?"

내가 답했다

"안 구운 고등어 맛입니다."

어린 손님은 무시해도 괜찮아

패스트푸드*fast food*. 말 그대로 '빠른 음식'이다. 주문 뒤 5분에서 10분 내외로 받을 수 있는 음식을 말한다. 대표적인 예로 햄버거를 들 수 있다. 드라이빙 스루가 대중화될 만큼 빨리 서비스되는 음식이 바로 햄버거다. 하지만 어린 시절 나는 햄버거를 2시간 넘게 기다렸다 받았던 경험이 있다.

초등학교 5학년 때였다. 동네에 햄버거 가게가 생겼다. 햄버거를 사 먹기 위해 아버지를 졸랐다. 아버지가 돈을 주시며 가는 김에 누나와 동생 것도 사 오라고 했다. 기대를 하고 햄버거 집 출입문을 열었다. 가게엔 손님이 하나도 없었다. 주인으로 보이는 아저씨 혼자 의자를 정리하고 있었다. 햄버거 포장이 가능하냐고 물었다. 아저씨가 짧게 "응"이라고 답했다. 뭔가 고압적이었다. 왠지 모르게 그냥 나가고 싶었지만, 그래도 들어왔으니 햄버거 세 개를 포장해 달라고 했다. 아저씨가 대답 대신 고개를 끄덕였다.

그런데 주인은 주문을 받은 후에도 주방으로 올 생각은 않고 계속 의자를 정리했다. 무슨 영문인지 몰랐지만 일단 기다렸다. 의자 정리를 마친 주인아저씨가 드디어 주방으로 왔다. 햄버거 빵을 꺼내더니 반으로 가르기 시작했다.

'이제 시작이구나.'

나는 침을 꿀떡 삼켰다. 그런데 내가 주문한 세 개만 가르는 게 아니었다. 수십 개의 빵을 손질하기 시작했다. 그날 판매할 분량을 다 손질하는 것 같았다. 그러고 나서 패티를 만들기 시작했다. 다진 고기에 이런저런 양념을 넣고 둥글게 쳐댔다. 분량이 만만치 않았다. 그날 판매할 정도의 양을 만드는 듯했다. 이후 아저씨는 채소를 다듬었다. 역시 그날 판매할 정도의……

지금 생각하면 어처구니가 없는 일이다. 주인아저씨는 재료 준비도 안 된 상태에서 주문을 받은 것이었다. 이런 경우 '아직 준비가 덜 됐으니 이따가 오세요'라고 해야 맞다. 어린 손님이니 만만히 보고 그냥 주문을 받은 것이었다. 백번 양보해서 상황이 그렇다면 내가 주문한 세 개부터 먼저 만들어야 했다. 그러기가 어렵다면 양해라도 구했어야 했다. 그는 꿋꿋했다. 아예 하루치 재료 준비를 다 한 뒤에야 주문한 햄버거를 만들기 시작했다.

'대체 언제쯤 되는 거야……'

답답했다. 하지만 당시는 너무 어려서 뭘 어째야 할지 몰랐다. 아저씨한테 따지기도 무서웠고, 만들고 있는 상황에서 주문을 취소하겠다고 말하기도 어려웠다. 그냥 잠자코 있는 수밖에 없었다. 기다리고 기다리다 햄버거를 받았다. 시간을 보니 주문 후 2시간 이상이 흘러갔다.

투덜거리며 집으로 향했다. 문을 여니 누나와 동생의 입이 석 자로 나와 있었다.

"왜 이렇게 늦게 오는 거야!"

하지만 내가 뭘 어쩌겠는가. 해주는 대로 받아왔을 뿐이다. 형제들의 투덜거림을 들으며 봉투에서 햄버거를 꺼냈다. 배가 고파서인지 햄버거는 맛있었다.

그 가게도 오래 운영되진 못했다. 불친절해서라기보단 동네에 햄버거를 사 먹을 만한 형편의 아이들이 많지 않아서인 듯했다. 당시 어른들 입맛엔 햄버거가 맞지 않았을 테고 말이다. 결국, 그곳은 햄버거집 타이틀을 버리고 호프집으로 간판을 바꿔 달았다. 햄버거가 먹고 싶을 땐 그나마 가끔 들르던 곳이었는데 가고 싶어도 갈 수 없는 가게가 되고 말았다.

어쨌든 그때 햄버거집에서 당한 푸대접은 어른이 되어서도 기억에 남았다. 특히 내가 요식업에서 아르바이트를 할 때 많은 영향을 끼쳤다. 어린 손님이라고 해서 만만하게 대한 적이 없다.

그리고 꼭 존댓말을 썼다. 자랑처럼 말했지만 사실은 당연한 행동을 했을 뿐이다. 2000원짜리 물건이 있다고 가정하자. 어른이라고 비싸게 받고 어린이라고 싸게 받는가? 절대 아니다. 어린이도 똑같이 2000원 내고 구매하는 손님이다. 예의 바르게 대해야 마땅하다.

애매할 땐 약자가 동네북

  오랜만에 동대문 중고서적 지대를 돌았다. 어릴 때 즐겨보던 만화책을 구하기 위해서였다. 구하기 쉽지 않았다. 예상했던 일이기에 실망하지 않았다. 일단 식사를 해결한 후 다른 곳으로 가보기로 했다.

  두리번거리다 눈앞에 보이는 작은 식당에 들어갔다. 평범한 백반집이었다. 인근 건물 경비로 보이는 50대 후반 아저씨가 홀로 식사를 하고 있었다. 경비는 그곳에서 월식을 하는 사람인 듯했다. 식당 사람들과 친해 보였다. 주인 아주머니와 종업원 아주머니 둘이서 운영하는 식당이었다. 그런데 주인이 종업원을 꽤나 구박했다.

"물잔은 엎어서 둬야지, 이렇게 놓으면 어떡해!"
"밥부터 푸라고! 식판은 나중에 닦고."
"에이 진짜, 왜 저렇게 꾸물대는지 모르겠어."

직원에게 으레 하는 잔소리임을 감안하더라도 좀 지나친 면이 있었다. 얼마 후 내가 주문한 백반이 나왔다. 미역국, 고등어, 콩나물, 오이무침, 김치, 김…. 특별히 맛있을 것도 맛없을 것도 없는 평범한 식사였다.

공깃밥을 몇 순가락 떠먹었을 무렵, 경비아저씨가 자리에서 일어났다. 그러곤 휴대폰을 챙겨 들고 밖으로 나갔다. 흘끗 보니 반찬을 거의 비웠다. 뭐야, 계산도 안 하고 가나?라고 생각하다가 월식을 하는 사람이니 따로 계산할 필요는 없겠구나……로 생각을 바꿨다.

잠시 후 종업원이 경비아저씨 테이블을 치우기 시작했다. 반찬 그릇을 쟁반에 올리고 상에 묻은 밥풀과 국물을 행주로 닦아냈다. 그런데 테이블을 다 치운 뒤 5분쯤 지났을까. 경비아저씨가 다시 식당으로 들어왔다. 그러곤 자신의 테이블을 보며 놀란 표정을 지었다.

"어, 싹 치웠네?"

순간, 종업원의 얼굴이 굳어졌다.

"다… 다 드신 줄 알고…"
"아니야. 휴대폰 통화 때문에 잠깐 밖에 나갔다 온 건데……."

굉장히 애매한 상황이었다. 주방에서 나온 주인이 종업원을 째려봤다.

"어이구 내가 못 살아. 정신을 대체 어디에 두고!"
"그… 그게…"

종업원이 말을 흐렸다. 그러자 경비가 입맛을 쩝쩝 다시며 말했다.

"됐어요. 다시 차려 달랄 수도 없잖아. 내일 계란후라이라도 서비스로 줘요."

말을 마친 경비아저씨가 나가자 주인의 구박이 시작됐다. 다 먹은 테이블과 그렇지 않은 테이블도 구분 못 하느냐는 둥, 유치원생을 데리고 일해도 이보단 낫겠다는 둥. 종업원은 라면 면발 쫄듯 쫄아서 그 모진 말을 다 받아냈다. 요즘 세상에도 저런 구박을 받고 일하는 사람이 있나 싶을 정도였다.

사실 상황 자체가 너무 애매했다. 내가 옆에서 보기에도 아저씨는 식사를 다 마치고 나가는 모양새였다. 밥을 거의 다 먹었기에 밖으로 나가려면 '다 먹었다, 덜 먹었다' 의사표시를 했어야 했는데 그러지 않았다. 그리고 그는 밖으로 나간 뒤 5분 동안이나 돌아오지 않았다. 5분은 글로 접하면 짧은 시간이지만, 막상 현실에서 흘려보내면 상당히 긴 시간임을 알 수 있다. 그 시간이 흐르도록 돌아오지 않았으니 내가 종업원이었어도 치웠을 것 같다. 물론 종업원도 실책은 있었다. 판단 내리기가 힘들면 '이거 치울까요?'라고 주인에게 물었어야 했다. 그랬다면 빠져나갈 구멍이 있었을 거다.

그렇든 저렇든 나는 다시 밥을 먹었다. 마지막 한술을 뜰 때쯤 주인이 툴툴대며 주방으로 들어갔다. 식사를 마친 후 나는 종업원에게 카드를 내밀었다. 종업원은 잔뜩 주눅이 든 상태로 카드 결제를 진행했다. 그 모습이 안쓰러워 속으로 몇 가지 조언을 떠올려보았다.

· 별로 잘못하신 거 없다.
· 주인한테 너무 고개 숙이며 굽실거리지 마라.
· 압도당하는 모습을 보이면 더 짓밟으려 든다.

하지만 입 밖으로 내진 못했다. 불필요한 오지랖 같았다. 그래도 그냥 나갈 수는 없었다. 카드를 돌려주는 종업원에게 작게 한마디 했다.

"저도 경비아저씨가 다 드시고 나간 줄 알았어요."

말을 들은 종업원이 엷게 미소지었다. 내가 해줄 수 있는 위로는 여기까지였다. 카드를 챙겨 들고 식당 밖으로 나왔다. 한동안 떫은 감을 먹은 듯한 기분을 지울 수 없었다. 일하다 보면 애매한 순간들이 생기지만, 그로 인한 피해는 고스란히 약자에게 돌아간다는 생각이 들어서였다.

나… 나인가 보네…

같이 침 섞어 먹는 게 한국인의 정?

코로나19 상황이 보합국면을 맞고 있던 어느 날이었다. 길을 걷다가 국숫집을 발견했다. 멸치국수와 주먹밥을 파는 곳이었다. 코로나 때문에 대중식당 이용이 조금 꺼려졌으나 뭔가 개운한 게 먹고 싶었기에 문을 열고 들어갔다.

연변 말투의 종업원에게 쇠고기 주먹밥과 멸치국수를 주문했다. 종업원이 김치 항아리와 단무지 항아리를 갖다 주었다. 먹을 만큼 떠서 먹는 방식이었다. 항아리에 딸려 나온 집게로 김치와 단무지를 집어 그릇에 담았다. 김치는 겉절이 스타일이었다. 항아리 뚜껑을 닫은 뒤 한 점 먹어보았다. 양념이 골고루 배어 있어 꽤 맛깔났다.

잠시 뒤 멸치국수가 나왔다. 국물부터 맛봤다. 조금 싱거웠다. 양념장을 위에 뿌린 뒤 휘휘 저었다. 후후 불어가며 한 입 먹을 때쯤 새 손님이 들어왔다. 70대 노부부였다. 인근 공원에서 나들이를 하다 들어온 것으로 보였다.

종업원이 내 테이블에 있던 항아리들을 노부부 테이블로 가져갔다. 두 분도 역시 멸치국수와 주먹밥을 시켰다. 종업원이 주문을 받고 돌아서자, 할머니가 김치 항아리 뚜껑을 열었다. 항아리에 있는 공용 집게로 집으려다 귀찮은지 자신의 젓가락으로 겉절이를 뒤적거리기 시작했다. 이후 한 점 꺼내 입에 넣고는 그 젓가락으로 다시 또 한 점을 집어 할아버지에게 권했다.

"이거 맛있네. 한 입 드셔보슈."

할머니가 내민 겉절이를 할아버지가 쏘옥 받아먹었다. 오물오물, 만족스럽다는 표정을 지었다. 겉에서 보기엔 사이좋은 노부부의 오순도순한 모습이었지만 나는 영 보기가 불편했다. 침 닿은 젓가락을 공용 항아리에 넣고 휘젓는 모습이라니……

이후 할머니는 아무렇지도 않게 자신의 젓가락으로 항아리 속 겉절이와 단무지를 집어 그릇에 담았다. 그러지 마시라고 말하고 싶었으나 노인들 무안하실까 봐 일단은 잠자코 있었다. 잠시 뒤 종업원이 내게 쇠고기 주먹밥을 가지고 왔다. 그녀에게 작게 말했다.

"저쪽 할머니가 먹던 젓가락으로 김치 덜어냈거든요. 주의 좀 주세요."

종업원이 건성으로 "네네" 하고 돌아섰다. 그러고는 노부부

쪽으로 갔으나 별말 없이 그냥 항아리들만 회수했다. 그래도 내 눈치가 보였는지 그 항아리들을 다른 테이블로 가져가진 않았다. 하지만 한쪽에 치워놓고 별 조처를 취하지 않는 거로 봐서 내가 나가면 다시 활용할 듯 보였다. 가뜩이나 코로나 때문에 서로 조심해야 하는 상황에서 어이없는 광경을 목격하니 밥맛이 뚝 떨어졌다.

물론 일부 개념 없는 사람들의 한심한 행태겠거니 생각하며 얼굴 한 번 찡그리고 넘어갈 수도 있다. 하지만 왜 이런 문제가 발생하는가에 대한 저변을 살펴보면 상황이 그리 간단치 않다. 우리의 바람직하지 못한 식습관이 문제의 뿌리라고 생각되기 때문이다.

많이들 느끼겠지만, 우리나라의 식문화는 정말 개선해야 할 점이 많다. 가장 큰 문제는 침 섞어 먹는 것에 대해 별 거부감이 없다는 것이다. 그렇기에 노부부가 그런 행동을 아무렇지도 않게 했을 것이고, 식당 측도 별로 대수롭지 않게 반응한 것이리라. 물론 나도 한국인이기에 같이 먹을 자리가 있으면 표 안 내고 섞어서 먹는 편이다. 그동안은 그런 문화에 대해 별 거부감도 없었다. 술잔도 돌리고 같이 휘저어 반찬 집어 먹고 볶아 먹고……. 그러나 냉정히 따지면 이런 습관은 옳지 않다. 위생적으로 많은 문제를 야기한다.

과거엔 같이 찌개를 떠먹고 반찬을 집어먹는 게 '한국인의 정'이라고 말하는 사람도 있었다. 웃기는 논리다. 침 섞어 먹는 것이랑 정이랑 대체 무슨 상관이 있을까. 좋은 사람은 매번 따로 밥을 먹어도 정이 가고, 싫은 사람은 삼시 세끼 같이 침 섞어 먹어도 미움이 가는 것이다. 한국인들이 헬리코박터균에 노출 위험이 크고, 전염병 유행 시 비말에 의한 감염도가 높은 것도 우리의 바람직하지 않은 식문화와 관계가 있다고 한다. 무엇보다 현재는 코로나 전시 상황이다.

코로나를 계기로 많은 것이 바뀌고 있다. 이를 기회로 우리의 식문화도 바뀌었으면 한다. 갑자기 모든 걸 바꿀 순 없겠지만, 조금씩이라도 바뀌어야 한다. 어쩌면 쌈밥용 식판의 대중화도 답이 될 수 있으리라.

그리고 다시금 말하지만,

같이 떠먹는 것과 한국인의 정은 아무 상관이 없다. 단언컨대 난 그리 주장한다.

억울한 일은 그냥 생기도 한다

어느 날 버스정류장에서 버스를 기다리고 있었
다. 인근에 노점상이 있었다. 할머니가 핫도그와 기타 물품을 파
는 곳이었다. 장사가 안되는 듯 미리 튀겨놓은 핫도그엔 기름기
가 남아 있질 않았다. 잠시 후 한 여자가 딸과 함께 할머니의 노
점상으로 왔다. 딸은 초등학생으로 보였고 여자는 30대 후반 정
도로 보였다. 나는 잠시 그들을 바라보다 다시 버스 차선 쪽으로
고개를 돌렸다. 그런데 30초 후, 노점상에서 큰 소리가 났다.

"야, 이 18년아! 사지도 않을 거면서 왜 비벼대고 지랄이야!"

할머니가 여자에게 욕을 해댔다. 여자는 너무 놀라 어쩔 줄
을 몰라 했다. 옆에선 겁먹은 딸이 '엄마 그냥 가자'며 여자의 손
을 잡아당겼다. 나도 놀라서 눈을 껌뻑이며 노점상 쪽을 바라보
았다. 상황은 어렵지 않게 유추할 수 있었다. 여자가 핫도그와
음료수 가격을 물어본 뒤 그냥 돌아선 모양이었다. 그런데 돌아

서던 옷깃에 핫도그가 조금 닿은 듯했다. 이에 화가 난 할머니가 소리를 버럭 지른 것이었다.

느닷없이 공격을 받은 여인은 넋이 나갔다. 뭔가 항의를 해야 했지만 너무 당황해 아무 말도 하지 못했다. 제정신이었다고 해도 반격은 쉽지 않았을 것이다. 무대뽀인 사람을 상대하는 건 결코 만만치 않은 일이니까. 또한 옷깃에 핫도그가 닿은 것도 사실이니까. 게다가 상대는 노인이었다. 18년 소리를 들었다고 해서 똑같이 이년 저년 하며 싸우기 쉽지 않은 대상이었다. 결국 여인은 팔을 잡아끄는 딸에 이끌려 얼굴을 붉히며 자리를 떴다. 딸 앞에서 갑작스레 망신을 당한 그 여인의 심정은 어땠을까.

이건 할머니의 잘못이 큰 것 같다. 가격만 물어보고 돌아선 것에 대한 분풀이가 강해 보였기에. 또한 핫도그를 그렇게 돌출되게 전시한 과실도 있었다. 여인의 부주의도 약간의 원인은 되겠지만, 딸 앞에서 쌍욕을 들어야 할 만큼의 잘못은 분명 아니었다.

여러 가지를 종합해 볼 때 괴팍한 노인이 장사 안되는 화풀이를 한 것이라고 볼 수밖에는 없다. 노인은 그렇게 화를 풀었지만 어린 딸 앞에서 봉변을 당한 여인의 체면은 대체 뭐가 되는가. 그녀는 무엇 때문에 그런 창피를 당해야 하나.

여인을 보며 내 대학 시절의 어느 날이 떠올랐다. 비가 추적추적 내리던 가을날이었다.

식사를 하러 학생식당으로 향했다. 시간은 오후 4시쯤이었다. 늦은 점심 식사랄 수도 있고 이른 저녁 식사랄 수도 있었다.

식당에 들어가 주위를 살폈다. 시간대가 모호해 사람은 별로 없었다. 돈까스 식권을 산 뒤 배식대에 내밀었다. 처음 보는 배식 아주머니가 접시에 돈까스를 올린 후 그 옆에 밥을 담기 시작했다.

"밥 좀 많이 부탁합니다."

아주머니께 공손히 말했다. 그런데 갑자기 아주머니가 날 째려보았다.

"이봐, 학생!"
"네?"
"이 밥도 많은 거야, 뭔 잔말이 많아!"

아주머니가 큰소리를 냈다. 나는 정말 놀랐다. 느닷없이 큰소리를 들으니 창피하기도 했다. 황급히 주변을 돌아보았다. 다행히 주위에 사람은 없었다. 잠시 후 아주머니가 신경질적으로 내 앞에 돈까스를 탁, 놓았다. 나는 난감한 눈으로 아주머니를 바라보았다. 식권을 내밀 때부터 그녀의 표정이 안 좋아 보이기는 했었다. 뭔가 짜증나는 일이 있었는데 그걸 만만한 학생한테 푼 모양이었다.

"주면 주는 대로 먹을 것이지 원…."

아주머니가 혼잣말로 투덜대며 뒤돌아섰다. 돌려세워야 했다. 뭔가 항의를 해야 했다. 하지만 너무 당황해 아무 말도 하지 못했다. 틱틱거리며 주방 안으로 들어가는 아주머니의 뒷모습을 멍하니 바라만 보았다.

돈까스를 들고 자리에 앉았다. 잘게 잘라서 입에 넣었지만 고기가 넘어가질 않았다.

'대체 내가 뭘 잘못했다고……'

당혹스러웠다. 지금 나이라면 쫓아가서 '왜 가만히 있는 사람한테 시비냐!'고 대판 싸웠을 것이다. 하지만 그때는 어렸고 경황이 없었다. 또한 어른과 싸우는 모습을 '여학생들'이 본다면 좋을 게 없다는 판단도 했다. 당시 나는 머리 드라이하고 무스 바르는 데 30분 넘게 허비하던 청춘이었으니까(그렇다고 여학생들에게 인기가 있었다는 건 아니다). 남은 돈까스를 잔반통에 버리고 식당 밖으로 나왔다. 여전히 비가 내리고 있었다. 연습장으로 머리를 가리며 도서관으로 향했다. 걸으면서 '왜 나한테 이런 일이 생겼을까' 생각해 보았다. 원인을 분석해야 같은 실수를 반복하지 않고 억울함도 풀릴 것 같았다.

하지만 아무리 생각해도 잘못한 게 없었다. 학생식당에서 '밥 조금만 주세요', '밥 많이 주세요'는 학생들이 늘 하는 말이다. 말투도 공손했다. 다시금 억울함이 치밀어 올랐다. 억지로 마음

을 추스르며 보도블록에 발을 내디뎠다. 그런데,

질퍽!

흙탕물이 튀어 올랐다. 헐렁한 보도블록을 밟자 아래에 스며 있던 빗물이 솟구쳐 바지에 묻었다. 눈을 찡그리며 지저분해진 바지 아랫부분을 바라보았다. 여러모로 재수가 없는 날이었다. 툴툴거리며 도서관 계단을 올랐다.

그렇게 도서관 정문에 다다랐을 즈음이었다. 거짓말처럼 뭔가 자각이 왔다. 정말 뜻밖의 깨달음이었다.

'이건 내가 어찌할 수 없는 상황이었을 뿐이야.'

그랬다. 흙탕물이 튀어 오른 건 내가 무얼 어찌할 수 없는 일이었다. 보도블록을 밟지 않으면 도서관으로 갈 수가 없다. 어느 보도블록이 단단해서 안전할지 어느 것이 헐렁해서 흙탕물이 튀어 오를지, 나로서는 알 방법이 없다. 그저 갈 길을 가다가 헐렁한 걸 밟았을 뿐이다. 내가 어찌할 수 없이 그냥 일이 벌어진 것뿐이다.

마음이 조금 편해졌다. 그러면서 학생식당 돈까스 사건도 함께 정리를 했다. 그것도 내가 어찌할 수 없는 일이었다. 그냥 성격 이상한 아주머니를 우연히 만나 화를 뒤집어쓴 것뿐이었다.

나로서는 그런 상황이 벌어지지 않게 할 방법이 없었다.

살다 보면 재수 없는 일이 생긴다. 물론 대부분의 일에는 그에 합당한 인과가 있다. 하지만 모든 일이 그렇지는 않다. 그냥 느닷없는 억울함이 찾아오기도 한다. 여기까지는 어쩔 수가 없다. 그냥 받아들여야 한다. 그렇다면 일이 벌어진 이후에도 가만히 있어야 하나? 그렇지는 않다. 상황을 수습하는 기술은 반드시 필요하다. 거기서 인생의 성패가 갈리는 것일는지도 모른다. 허나 수습하는 기술은 절로 얻어지지 않는다. 세월의 풍파를 겪으며 몇 번을 넘어지고 다시 일어서야 겨우 노련한 기술을 얻을 수 있다.

그나저나 자기 기분 내키는 대로 남에게 상처를 준 핫도그 할머니나 학생식당 아주머니는 지금 어떻게 지낼까. 악행을 벌였으니 하늘의 대가를 치렀을까. 그랬다고 믿으련다. 그래야 내 정신 건강에 이로우니까.

50원 국물의 추억

중학생 때 동네 도서관에 자주 다녔다. 공부한 기억은 별로 없다. 도서관에 간다고 하면 부모님이 용돈을 주셨기에 그걸 노렸을 뿐이다. 도서관에선 소설책을 읽거나 자료실에서 잡지를 뒤적이며 시간을 보냈다. 그러다 입이 심심해지면 구내식당으로 향했다. 도서관 규모에 비해 꽤 넓은 곳이었다. 그곳에선 백반, 카레라이스, 돈까스 등 일반 메뉴 외에 특이한 메뉴를 하나 더 팔았다. 바로 '국물'이었다.

도시락이나 김밥을 먹는 학생을 위해 우동 국물만 따로 팔았던 거였다. 가격은 50원이었고 식권은 하얀색이었다. 너무 싼 메뉴여서 그런지 50원짜리 국물만 받으려면 왠지 뻘쭘했다. 그런걸 감안해서일까. 식당 측에서도 50원 국물은 빨리 받아 갈 수 있도록 배식대를 따로 두었다.

어느 일요일이었다. 친구들과 도서관 자료실에서 한창 학생 잡지를 뒤적이고 있었다. 갑자기 앞이 환해졌다. 짧은 생머리, 뽀얀 얼굴, 시원하게 치켜뜬 눈을 가진 여학생이 자료실로 들어왔다.

"야, 봤냐 봤어?"

"어, 진짜 예쁘다!"

우리는 한눈에 그 여학생에게 꽂혀 버렸다. 홍콩 배우 왕조현 분위기가 나는 아이였다. 이후 우리는 자연스럽게 왕조현의 동선에 따라 움직였다. 그녀가 로비에서 친구들과 수다를 떨면 인근에서 음료수를 마시며 흘끔거렸고, 열람실에서 공부를 하면 근처에서 공부하는 척을 했다.

왕조현도 공부에 취미가 있는 것 같지는 않았다. 몇 분 앉아 있다가도 친구가 팔을 잡아끌면 못 이기는 척 밖으로 나가는 일이 잦았다. 그러고는 한참 있다 돌아왔다. 그래도 상관없었다. 왜? 예쁘니까. 왕조현은 주변을 꽤나 의식했다. 새침한 척 머리를 만지작거리고 표정도 관리하고 감질나게 눈길도 주고…….뭐, 예쁜 애들은 원래 그러니까.

이래저래 시간을 보내다 보니 저녁 시간이 되었다. 우리는 구내식당에 갔다. 배식대에 줄이 길게 늘어서 있었다. 나는 친구들에게 빵이나 먹자고 제안했다. 친구들도 동의했다. 돈을 모아 빵을 샀다.

그리고 자리에 앉을 무렵, 왕조현과 그 친구들이 식당에 들어왔다. 왕조현과 친구들은 김밥을 산 뒤 우리 건너편에 자리를 잡았다. 나는 또다시 왕조현 쪽을 흘끔거렸다. 왕조현과 친구들이 갑자기 가위바위보를 했다. 왕조현이 졌다. 그녀는 카운터로 가서 하얀색 국물 식권을 샀다. 진 사람이 국물을 사기로 한 모양이었다.

왕조현이 국물 배식대 쪽으로 갔다. 그런데 식당 아주머니가 손을 저으며 백반 배식대 쪽으로 가라고 했다. 저녁에는 백반 배식대에서 국물 배식도 함께 한다고 했다. 망설이던 왕조현이 국물 식권을 들고 백반 줄에 섰다. 그날 따라 줄이 상당히 길었다. 얼마 후 배식대 아주머니의 외침이 들려왔다.

"미안한데요. 밥이 조금 덜 돼서 그러거든요. 조금만 더 기다려 주세요."

"아······."

사람들의 탄식이 이어졌다. 하지만 어쩌겠는가. 밥이 덜 됐다는데. 그 와중에도 사람들은 계속 몰려들었다. 왕조현 뒤로도 긴 줄이 생겼다. 다들 백반 또는 카레라이스 또는 돈까스 식권을 들고 있었다. 그중 왕조현이 들고 있는 50원짜리 하얀 식권이 눈에 확 들어왔다. 이후부터 왕조현은 눈에 띄게 우리 쪽을 의식하기 시작했다. 다들 식사 식권을 들고 대기하는 상황에서 50원짜리 국물 하나 받겠다고 긴 줄을 선 게 쑥스러운 모양이었다.

그러거나 말거나 우리는 빵을 먹었다. 사이다도 마셨다. 그때까지도 왕조현은 계속 줄을 섰다. 우리는 오락실에 가기로 했다. 다 먹은 빵 봉지와 사이다 캔을 쓰레기통에 넣은 뒤 자리에서 일어섰다. 그때까지도 왕조현은 계속 줄을 섰다. 그녀의 하얀 식권은 여전히 도드라졌다.

우리는 오락실로 향했다. 나는 보글보글과 스트리트파이터 게임을 했다. 그리고 자리를 옮겨 테트리스도 했다. 블록을 쌓고 부수면서 잠깐 생각했다.

'왕조현은 국물을 잘 받아먹었을까?'

이후 왕조현 생각은 더 하지 않았다.

짬뽕 먹기 힘들어진 세상

　　짜장면이냐 짬뽕이냐. 영원히 이어질 한국인의 '극한 고민' 중 하나다. 어릴 땐 달달한 짜장면을 좋아하고 나이 들면 얼큰한 짬뽕을 좋아하고, 뭐 이렇게 되는 것 같다(물론 일반화할 순 없다).

　나는 어릴 때도 짬뽕을 더 좋아했다. 지금도 짬뽕을 더 좋아한다. 기름에 각종 재료와 고춧가루를 볶은 후 닭 육수를 부어 끓여 낸 국물은 언제 먹어도 입맛을 당긴다. 땀 뻘뻘 흘리며 짬뽕 한 그릇 비우면 속도 든든하고 몸도 개운하다.

　나는 주로 집에서 짬뽕을 먹는다. 매운 걸 먹으면 땀을 많이 흘리기에 그렇다. 식당에서 먹으면 땀 닦으라 테이블 휴지를 다 써버려 눈치가 보인다. 집에서 먹으면 주변 신경 쓸 필요가 없으니 배달시켜 먹는 걸 선호한다. 그래서 이사를 하면 근처에 중국집이 있는지부터 확인한다. 먼 거리에 있다면 간단하게 시키기가 미안하지만 가까운 데 있다면 짬뽕 한 그릇도 부담 없이 시킬 수 있어서다.

현 거주지로 이사 온 뒤 중국집부터 찾아보았다. 불과 70미터 거리에 있었다. 속으로 쾌재를 불렀다. 이렇게 가까우면 한 그릇만 시켜도 괜찮을 듯했다. 짐을 정리한 후 짬뽕 한 그릇을 주문해보았다. 그런데 부담스러운 답변이 들려온다.

"배달료 3000원 추가됩니다."

엥, 이게 뭐지 싶었다. 배달료가 일상화된 시대라지만 오토바이로 잠깐이면 오는 곳까지 배달료를 받나. 게다가 3000원이라니, 7000원짜리 짬뽕 한 그릇 먹자고 그 돈을 내기는 아까웠다. 나는 다음에 시키겠다며 전화를 끊으려 했다. 그러자 수화기 너머로 "세트로 시키세요"라는 말이 들려왔다.

탕수육과 함께 세트로 시키면 배달료가 무료란다. 배달료가 낮아지는 건 좋았지만 내가 먹고 싶은 건 짬뽕이었다. 배달료 아끼자고 탕수육까지 추가로 시키는 건 좀……. 그래도 딱 자르긴 어려웠다. 나는 잠깐 고민하다가,

"그래요. 한 세트 보내주세요."

주문했다. 이사 온 기념으로 말이다. 새로 이사 온 지역 중국집의 맛은 어떤지 아는 것도 중요하지 않은가. 가까우니 배달은 금방 왔다. 맛은 그저 그랬다. MSG 가득한 치킨스톡과 굴소스로

맛을 낸 보통 중국집의 맛, 딱 그 정도였다.

이후에도 짬뽕이 먹고 싶을 때는 많았다. 그렇지만 중국집 번호를 누르기가 쉽지 않았다. 배달료가 부담스러워서였다. 물론 최저임금 인상과 배달앱 수수료를 생각하면 업체의 입장도 이해는 갔다. 그래도 시켜 먹는 입장에선 배달료가 부담스러운 게 사실이었다.

요즘 나는 짬뽕 한 그릇을 먹기 위해 많은 고민을 해야 하는 상황에 놓였다. 크게 세 가지를 고려해야 한다.

첫째, 비싼 배달료를 감수하고 한 그릇 시켜 먹든지

둘째, 무리를 해서 세트로 시켜 먹든지

셋째, 직접 식당에 방문해 뭉텅이 휴지로 땀 닦아가며 먹든지

어느 것 하나 녹록한 조건이 없다. 물론 가까운 거리이니 직접 중국집에 가서 포장해 오는 방법도 있기야 있다. 하지만 주문하고, 식당가고, 포장한 음식 받고, 다시 집에 오고 하는 과정도 은근히 번잡하다. 포장해 오려다 '그냥 라면이나 먹자'로 타협한 적이 한두 번이 아니다.

뭐 어쨌든 과거엔 심심하면 시켜 먹던 게 짬뽕이었다. 이제는 한번 먹으려면 큰 결심을 해야 하는 음식으로 돌변해 버렸다. 이러면 궁극적으로 중국집도 손해가 아닐까. 나빠진 접근성은 장기적으로 매출 하락을 유발할 수 있으니 말이다. 그래서일까.

우리 동네 중국집도 요즘 고전하는 눈치다. 지나다보니 출입구 앞에 크게 홍보 문구를 붙여 놓았다.

현금으로 드시면 1000원 할인해 드립니다.
홀에서 드시면 서비스로 사이다를 드립니다.

어떻게든 손님을 불러들이려는 노력이다. 한편으로는 조금 답답했다. 그렇게 손님을 모으느니 차라리 과거처럼 배달료를 면제해주는 게 어떨까 싶어서였다. 전체 면제가 어렵다면 가까운 곳이라도 면제해 주면 어떨까(반경 200미터 내 배달료 무료 등등). 배달료가 없었다면 나도 그 중국집에서 짬뽕 수십 그릇은 시켜 먹었을 것이다. 나 같은 부류의 손님이 적지 않을 것이라고 확신한다. 그들의 숨은 돈을 끌어낸다고 생각하면…… 물론 이건 나만의 좁은 생각일 수 있다. 시대는 바뀌었고 배달앱을 통하지 않으면 장사가 쉽지 않으니, 배달 수수료 면제는 섣불리 결정할 수 없는 문제일 것이다.

그런데 최근 들어 배달비 없이 한 그릇도 배달해주는 중국집이 다시 늘고 있다고 한다. 배달앱을 통하지 않고 주인이 직접 배달하거나 고용한 배달 직원을 활용한단다. 어찌 보면 시대에 역행하는 조치일 수 있지만 어떻게든 살아남으려는 발버둥으로 볼 수도 있다. 우리 동네 중국집도 그랬으면 좋겠다.

이력서로 떡볶이 국물을 닦아내고

       기자로 활동하던 시절, 한 벤처 업체에 방문할 일이 있었다.

'이 기업을 주목하라' 콘셉트의 기사를 기획하면서 사전취재 형식으로 찾은 것이었다. 시각디자인과 관련한 업체였는데 '젊은 피', '격의 없는 문화', '혁신' 등을 강조하는 곳이었다. 지금으로 보면 뻔한 사훈의 뻔한 회사였지만, 당시엔 그런 업체들이 미래의 동력 어쩌고 하며 각광을 받았었다.

사장은 30대 초반의 젊은이였다. 야망과 도전정신은 있는 사람이었다. 그런데 대화를 나눌수록 뭔가 덜 다듬어진 부분이 드러났다. 실패 없이 적정선에 올라서서인지 '나처럼 하면 되는데 너희들은 왜 못해? 한심하군'이라는 건방짐이 말투 곳곳에 깔려 있었다.

어쨌든 사장과 사전 인터뷰를 시작했다. 대화 도중 사장이 한 가지 아이디어를 냈다. '뭔가 자유로운 분위기를 연출하고 싶다'며 직원에게 떡볶이와 튀김을 사 오라고 했다. 나중에 정식으로 취재가 잡히고 사진 촬영을 하게 되면 '먹으면서 인터뷰하는 그림으로 가자'고 제안했다. 오늘은 시범 삼아 한번 해보자고 했다. 나쁘지 않은 아이디어여서 그러마 했다.

잠시 후 음식이 도착했다. 떡볶이를 일회용 접시에 부으니 꾸덕꾸덕한 떡들이 어묵과 섞여 쏟아졌다. 그런데 급하게 붓다 보니 떡볶이 국물이 내 취재 수첩에 뭉텅이로 튀었다.

"아휴, 기자님 죄송해요."

실수를 한 직원이 난감해 했다. 사장이 '정신머리를 어디다 두고 있느냐!'고 직원을 나무란 뒤 책상 위에 널브러져 있는 이면지들을 집어 들었다.

"일단 이거라도 메모지로 쓰시죠."

사장이 내게 이면지 몇 장을 건넸다. 어쩔 수 없는 상황이었다. 나는 텁텁한 표정을 지으며 이면지를 받아들었다. 이후 사장은 나머지 이면지를 직원에게 건넨 뒤 테이블에 깔라고 했다. 떡볶이 국물 방지용이었다.

그렇게 떡볶이를 먹으며 사전 인터뷰를 진행했다. 필요한 내용은 이면지에 메모를 했다. 그런데 뭔가 느낌이 이상했다. 대체 이 이면지는 뭐지? 나는 떡볶이를 먹는 척하며 이면지 앞면을 슬쩍 들춰보았다.

이런!

나는 놀랐다. 그곳엔 사람들의 사진과 경력이 나열돼 있었다. 그곳 업체에 지원했다가 탈락한 사람들의 이력서였다. 아무리 탈락자의 것이라고 해도 엄연한 개인 정보였다. 귀중한 이력서를 떡볶이 국물 닦기용 이면지로 활용하다니, 게다가 아무렇지도 않게 기자에게 메모지로 유출하다니…….

"제정신입니까! 이렇게 귀중한 정보를 어떻게 이면지로 쓴단 말입니까!"

라고 따지고 싶었다. 하지만…….
내가 뭐라고, 무슨 권리로, 그런 말을 한단 말인가. 그냥 씁쓰름한 얼굴로 입술만 씹을 수밖에 없었다. 대신 속으로 다짐했다. 이 업체의 기사는 쓰지 않겠다고……. 나는 잠깐 숨을 고르며 떡볶이를 먹었다. 그 와중 떡볶이는 맛있었다. 씁쓰름한 건 씁쓰름한 거고 떡볶이가 맛있는 건 맛있는 거였다.
우리는 다시 대화를 이어갔다. 하지만 이후 사장이 내뱉는 모든 말이 가식처럼 느껴졌다. 이 업체의 앞날도 그리 밝지 않음을 짐작할 수 있었다.

그리고 시간은 흘렀다. 그 업체가 흥했는지 망했는지는 알수 없다. 검색해 보니 인터넷상에서 회사 이름은 사라졌다. 물론이름을 바꿔 운영하고 있을 수도 있다. 그래도 순탄한 항해를 했을 것 같지는 않다.

왜? 기본이 안 된 곳이니까.

기업의 근간을 이루는 건 사람이다. 개인의 정보를 고스란히담은 이력서를 함부로 다루는 회사의 미래는 뻔하다. 인간에 대한 예의가 없는 곳이어서다. 중요한 건 '기본'이다. 너무 당연해서 상투적으로까지 느껴지는 말이지만 아무리 강조해도 지나치지가 않다. 중요한 건 역시 기본이다. 기본이 돼 있어야 그 바탕아래서 혁신도 하고 도전도 하고 꿩도 잡고 닭도 잡고 하는 것이다. 그래, 나부터 기본을 갖춘 인간이 되자.

초밥 뷔페에서 만난 엽기 커플

회전초밥 뷔페집에서 엉뚱한 중년 커플을 본 적이 있다. 그날도 여느 때처럼 바에 앉아 눈앞에서 돌아가는 초밥을 골라 먹고 있었다. 다섯 접시쯤 먹었을 무렵이었다.

쩔그렁, 문이 열리며 40대 남자 손님이 들어왔다.

종업원이 그를 내 옆자리로 안내했다. 남자는 앉자마자 간장 접시 두 개를 꺼내 세팅했다. 한 명이 더 오기로 한 모양이었다. 얼마 뒤 내 앞으로 생새우 초밥이 지나갔다. 집을까 말까 망설이는 사이 남자가 덥석 집어 자기 앞으로 가져갔다. 남자는 오물오물 초밥을 씹으며 주변을 살폈다. 그러다 멈칫하며 주방장에게 물었다.

"여기… 뷔페인가요?"

주방장이 "맞습니다"라고 하자 남자가 곤란한 표정을 지었다. 입구에 '회전초밥 뷔페'라고 분명히 쓰여 있는데 못 읽고 들어온 모양이었다. 이미 한 접시 집어먹었으니 나가려도 나갈 수가 없는 상황이었다.

몇 분 후 다시 쩔그렁, 소리가 났다. 이번엔 중년 여인이 들어왔다. 그녀가 남자 옆에 앉았다. 부부 같지는 않았다. 어쨌든 커플이었다. 젓가락을 집어 들던 여자에게 남자가 뷔페라고 알려주었다. 여자가 화들짝 놀라며 주방장에게 물었다.

"여기, 접시당 계산하는 곳 아닌가요? 예전엔 그랬는데⋯⋯."
"저희가 인수한 후엔 뷔페로 바꿨습니다."
"언제 인수하셨는데요?"
"꽤 됐습니다."
"아⋯ 그냥 가볍게 먹고 가려고 했는데⋯⋯."

여자가 난처해했다. 그들의 애초 계획은 초밥집에서 간단히 몇 접시 먹고 다른 곳에서 한잔하려 한 모양이었다. 그런데 뷔페라서 차질이 생겼다. 마음껏 먹을 수야 있지만 인당 가격이 만만치 않으니 말이다.

결국, 여자가 안 먹겠다고 자리에서 일어섰다. 남자는 이미 먹고 있던 상황이라 그럴 수가 없었다. 남자가 어정쩡한 표정으로 "그⋯ 그냥 자기도 먹자"고 권유했으나 여자는 고개를 저으며 뒤로 물러났다. 그렇게 묘한 장면이 만들어졌다. 중년 커플이 초밥뷔페집에 와서 남자만 먹고 여자는 뒤에 서 있는…….

돈이 아까운 건 알겠지만 굳이 저렇게까지 할 필요가 있나 싶었다. 여자가 서 있는 모습도 애매했다. 아예 대기 좌석에 앉아서 기다리든지 아니면 밖에 나가 있든지 하면 좋으련만, 굳이 남자 뒤에 서서 멀뚱멀뚱 있었다. 나는 애써 못 본 척하며 초밥에 집중하려 했다. 그런데 그러기가 쉽지 않았다. 여자 때문이었다.

"자기, 광어초밥 먹어봐."
"이번엔 연어초밥 먹어봐."
"에이, 왜 그걸 집어! 비싼 거로 먹어야지."

뒤에서 남자에게 계속 참견을 했다. '사랑의 간섭'이라고 볼 수도 있었지만 결코 보기 좋은 그림은 아니었다. 하도 복작거리니 나는 입맛이 떨어져 초밥에 집중할 수가 없었다. 그렇다고 연인끼리 이거 먹어라, 저거 먹어라 하는 것에 대해 뭐라 할 수도 없는 노릇이고…….

내 불편함과는 상관없이 남자는 여자가 시키는 대로 했다. 광어초밥과 연어초밥을 먹었고 싼 초밥 대신 비싼 초밥을 집어 들었다. 그런데 거기까지만 했으면 그나마 이해할 수도 있었다. 남자도 여자와 비슷한 부류였다.

"아, 해봐. 자기도 한 입 먹어봐."

초밥을 집어 뒤의 여자에게 건넸다. 여자는 망설임 없이 아, 하면서 초밥을 받아먹었다.

'저래도 되나……'

완전히 선을 넘었다. 나는 슬쩍 주방장을 보았다. 주방장은 일단 못 본 척하며 계속 초밥을 만들었다.

"와, 맛있다."

여자가 초밥을 우물거리며 말했다. 그러더니 손짓으로 참치를 가리켰다. 남자는 고개를 끄덕이며 참치초밥을 집어 여자 입에 들이밀었다. 여자가 다시 입을 벌렸다. 그때,

"손님, 그러시면 안 돼요! 드시려면 돈을 내셔야 합니다."

보다 못한 주방장이 제지에 나섰다. 여자는 기어이 참치초밥을 입에 넣고는 우물거리며 변명을 했다.

"음식이 상했을까 봐 잠깐 맛 좀 본 거예요."

말도 안 되는 소리였다. 주방장이 어이없어했다. 초밥집에서 상한 음식을 팔 리가 있나. 이후 여자는 초밥을 입에 넣지 못했다. 남자는 본전을 뽑겠다는 자세로 열심히 먹었다. 나는 몇 접시 더 먹다가 자리에서 일어섰다.

계산을 하고 밖으로 나오는데 어이없음이 몰려왔다. 나이도 먹을 만큼 먹은 사람들이 왜 저럴까 싶었다. 처음엔 여자만 이상한 줄 알았는데 남자도 똑같았다. 하긴 비슷한 사람들이니 만났을 테지만…. 괜스레 내 얼굴이 달아오르는 느낌이었다. 부끄러움은 고스란히 나의 몫이었기에.

백인 아저씨, 그렇게 드시면 안 돼요!

　　초밥 이야기 하나 더 하겠다. 어느 청명한 날이었다. 점심 때 나는 한 회전초밥 뷔페식당에서 식사를 하고 있었다. 열대여섯 접시쯤 먹고 있는데 외국인 손님이 한 명 들어왔다.

　　상당한 거구의 백인 아저씨였다. 그는 다소 어리바리한 모습으로 주위를 두리번거리다 자리에 앉았다. 나랑은 반대편이었지만 정면으로 마주보는 자리여서 그의 행동이 다 보였다. 신경을 안 쓰려고 해도 흘끔흘끔 그에게 눈이 갔다. 무의식중에 '외국인은 어떤 초밥을 좋아할까?' 궁금했었나 보다.

　　초밥들이 회전하며 외국인 앞을 지나갔다. 그는 매우 신중하게 초밥을 응시했다. 고르고 고른 뒤 캘리포니아롤부터 집어 들었다. 내 고개가 절로 끄덕여졌다. 역시 그쪽 사람이라 캘리포니아롤을 좋아하나보다, 싶었다. 그는 매우 천천히 먹었다. 음미하는 건 아니었고 뭔가 아껴 먹는 눈치였다. 내가 다 답답할 지경이었다.

　　캘리포니아롤을 깨끗이 비운 그는 다시금 회전판을 응시했다. 역시 신중한 표정이었다. 맛난 초밥들이 지나감에도 섣불리

손을 대지 않았다. 고민하고 고민하다 새로 집어 든 건 새우초
밥이었다. 새우초밥도 아껴 먹었다. 꽤 오랜 시간 먹으며 접시를
비웠다. 그는 다시 회전판을 응시했다. 연어초밥이 앞에 다가오
자 날름 집었다. 그리고 역시 천천히 입에 넣었다.

'원래 느리게 먹는 사람인가?'

조금 의아했다. 덩치로 봤을 땐 50~60접시도 너끈히 먹을
만한 사람이었다. 그러려면 속도를 좀 내야 할 텐데……. 관심을
안 두려 해도 계속 그에게 눈이 갔다. 그런데 이상한 상황이 벌
어졌다. 연어초밥을 다 먹은 백인 아저씨가 곧바로 자리에서 일
어섰다.

'뭐야, 고작 세 접시만 먹고?'

나는 어리벙벙했다. 그는 이곳이 뷔페인지 모르는 듯했다.
접시당 계산하는 곳인 줄 알고 조금만 먹었나 보다. 나는 조금
애가 탔다. 당장 그에게 달려가서 말해주고 싶었다. 여기 뷔페라
고, 마음껏 먹어도 된다고. 하지만 식당 직원들도 가만히 있는데
뷔페를 설명하겠다고 내가 자리를 박차고 일어설 순 없는 노릇
이었다. 직원들이라도 알려주려나 싶어 서빙 직원과 카운터 직
원을 번갈아 쳐다보았다. 그러나 뷔페임을 설명하는 직원은 없

었다. 어쩌 보면 당연했다. 조금만 먹고 나가는 손님을 뷔페식당에서 마다할 이유는 없을 테니까. 그렇게 백인 아저씨는 계산을 마친 뒤 밖으로 나갔다.

뭔가 안타까웠다. 초밥뷔페를 그렇게 짧게 먹는 건 처음 봤다. 물론 다른 가능성이 있기는 하다. 뷔페임을 알았음에도 다이어트 차원에서 세 접시만 먹었을 수도 있다. 맛이 없어서 그냥 일어섰을 수도 있고. 직원들의 태도에 대해서도 여러 추측이 가능하다. 뷔페임을 알려주고 싶었으나 영어가 안 되니 그냥 입을 다물었을 수도 있다. 아니면 자주 오는 손님이어서 별 설명 안했을 수도 있고.

어쨌든 나는 답답했다. 괜히 내가 손해 본 듯한 기분이었다. 그러나 나의 쓸데없는 오지랖은 거기까지였다. 현 상황에서 속으로 북 치고 장구 치며 답답해하는 사람은 나밖에 없었기에. 주방장은 아무 일 없는 듯 초밥을 만들었고, 직원들은 아무 일 없는 듯 서빙을 했으며, 다른 손님들은 아무 일 없는 듯 초밥을 먹었다. 심지어 그 백인 아저씨도 아무 일 없는 듯 계산을 하고 나갔다. 그가 속으로 '초밥 세 접시가 왜 이리 비싸?'라고 생각했을지, '오늘은 세 접시만 먹고 참았으니 다이어트 성공!'이라고 생각했을지는 알 수 없다.

나는 다시금 초밥을 입에 넣고 우물거리기 시작했다. 디저트로 나온 자몽 두 조각도 깨끗이 씹어 먹었다. 식사를 마친 뒤 계산을 하고 밖으로 나왔다. 하늘은 여전히 청명했다.

디테일의 중요성을 모르는 사람들

꽤 오래전 TV 아침방송에서 봤던 어떤 장면이 떠오른다. 잠자리에서 뒤척거리며 봤던 것이라 프로그램명은 정확히 기억 안 나지만, 해당 장면만큼은 아직도 생생하다. 지역 맛집을 소개하는 전형적인 아침 프로그램이었다.

맛집에서 선보인 메뉴는 동치미 국수였다. 가게를 가득 메운 사람들이 동치미 국수를 먹으며 엄지손가락을 치켜세우고 있었다. 그중 인터뷰에 응한 손님들은 "뼛속까지 시원한 맛이에요!", "짜릿해요!"를 외쳐댔다. 당시 속이 느끼했던 나는 군침이 돌았다. 방송을 보니 시원한 동치미 국물 한 사발 뜨고 싶다는 생각이 절로 들었다. 식당 관찰을 마친 리포터가 동치미 숙성 현장을 찾았다. 숙성실을 지키고 있던 연세 지긋한 아주머니가 리포터에게 설명을 시작했다.

"이 통에 있는 동치미는 일주일 정도 익힌 거야, 저 통에 있는 건 어제 담근 거라 아직 못 먹어. 그 옆에 건 한 달 숙성시킨 건데……."

말을 하던 아주머니가 동치미 통 안에 있던 바가지를 집어
들었다. 그리고 맛있다는 걸 어필하기 위해 동치미 국물을 쭈욱
들이키기 시작했다. 입 옆으로 국물이 뚝뚝 떨어졌다. 여기까진
그럭저럭 이해했다. 그다음 장면이 문제였다. 시원한 장면을 연
출한 아주머니는 이후 입 대고 마신 바가지를 다시 동치미 통에
던져 넣었다. 마시다 남은 국물도 함께 통 속으로 들어갔다.

'으… 저건 대체 무슨 무개념인지.'

나는 눈을 찌푸렸다. 동치미 한 사발을 들이키고 싶었던 마
음도 쏙 들어갔다. 저런 상태로 손님상에 나간단 말인가. 카메라
앞에서도 저렇게 비위생적인데 보통 상황에서는 어떻게 음식물
을 관리할까. 가뜩이나 불편했던 속이 더 느글거리기 시작했다.
나는 한숨을 쉬며 채널을 돌렸다.

조금 관대하게 본다면 순박한 아주머니가 카메라 의식 않고
소탈하게 행동했다고 생각할 수도 있다. 누가 보기엔 작은 디테
일이 어긋났을 뿐 큰 문제는 아니라고 생각할 수도 있다. 하지만
나처럼 눈살을 찌푸린 시청자도 적지 않았을 것이다. 만약 그 동
치미 국숫집이 우리 동네에 있었다면 나는 절대로 방문하지 않
았을 것이다.

그 방송을 찍기 위해 얼마나 많은 스태프가 고생을 했을까. 식당 사장은 얼마나 주위에 자랑을 했을까. 그 모든 수고가 숙성실 아주머니의 무개념으로 어그러진 셈이다. 방송국 PD는 그 장면의 문제점을 몰랐을까. 아마 알았을 것이다. 근데 왜 편집 안 하고 그냥 내보냈을까. 무개념 가게 엿 좀 먹어보라고? 모르겠다. 그건 PD 자신만 알겠지.

사람들이 무심코 넘기는 사실이 있다. 하지만 매우 중대한 사실이다.

디테일은 생각보다 매우매우 중요하다는 것.

해준 만큼 바라는 건 아마추어

대학 졸업 후 사회생활을 시작한 지 얼마 안 됐을 때였다. 동료들과 함께 점심을 먹으러 갔다.

"오늘 점심은 제가 쏘겠습니다!"

나는 호기롭게 말했다.

"니가 뭔 돈이 있다고?"

팀장님이 의아한 눈으로 물었다. 나는 연한 웃음으로 답을 대신하며 불낙전골을 시켰다. 점심식사치고는 꽤 비싼 메뉴였다. 밑반찬이 나온 뒤 휴대용 가스레인지 위에 불낙전골이 올라왔다. 지글지글 끓을 무렵, 나는 가방에서 뭔가를 꺼냈다.

"그게 뭐예요?"

밑반찬을 집어먹던 관리부 여직원이 물었다. 내가 내민 건 카드 신청서였다. 자동차 회사에 취직한 친구의 부탁 때문이었다. 며칠 전 친구에게서 연락이 왔다. 자기네 회사에서 카드사와 제휴해 신용카드를 출시했다고 했다. 신청서 실적이 필요하다고 했다. 마침 카드가 필요했기에 나는 흔쾌히 신청서를 써주었다. 그러자 친구가 다시 부탁을 했다. 주변 사람한테도 카드 신청서를 돌려 보란다. 별생각 없이 알았다고 했다. 그런데 주변에 신청서를 돌리니 다들 거절했다. 생각보다 어려운 일이었다.

친구한테 상황을 설명했다. "그냥 내 카드 하나만 만들면 안 될까?" 친구가 안타까워했다. "곧 마감이니 몇 장이라도 신청서를 받아줄 순 없겠니?" 나는 알았다고 했다. 그리고 직장동료들을 타깃으로 삼았다. 맨입에 부탁하기가 미안해, 불낙전골을 사주며 카드 신청서를 돌렸다.

먼저 팀장님이 사인을 해주었다. 그러자 다른 직원들도 카드 신청서에 사인을 했다. 그런데 사인을 마친 한 직원이 떠름한 표정으로 물었다.

"뭘 이렇게까지 친구를 도와줘요?"

날카로운 질문이었다. 하지만 나는 은근히 뿌듯했다.

봤지? 내 의리. 이런 마음이었다. 식사를 마친 후 우체국으로 향했다. 받은 카드 신청서들을 우편함에 넣었다. 의리 있는 행동이라고 생각했다. 저편엔 약은 계산도 깔려 있었다.

　'내가 이렇게 해준 만큼 나중엔 그 친구도 나한테 이만큼 해주겠지?'

　이런 마음이었다. 보답할 일이 생기지 않더라도 이번에 내가 보인 노력에 대해선 엄청나게 고마워할 것으로 생각했다. 그런데 예상이 빗나갔다. 한동안 친구에게서 연락이 없었다. 며칠 후 내가 연락해보았다. 친구는 별로 고마워하지 않았다. 오히려 신청서가 생각보다 적다고 아쉬워하는 눈치였다. 마감 때문에 정신이 없는 친구와 오래 통화할 수도 없었다. 급히 전화를 끊고 나서 깨달았다. 내가 바보짓을 했다는 걸⋯⋯.

　따져 보면 친구 탓이 아니었다. 내가 쓸데없는 기대를 한 탓이었다. 내가 해준 만큼 상대도 해줄 것이라고 믿는 건 바보짓이다. 그런 일은 기대해서도 안 되며 일어나지도 않는다. 그런데 왜 나는 서운했을까. 범위를 벗어났기 때문이었다. 내가 해줄 수 있는 범위 내에서만 친구를 도왔다면 그에게 바랄 일도 없고 서운해 할 일도 없었을 것이다. 동료들에게 불낙전골까지 사줘 가며 신청서를 받았고 그것으로 생색을 내려 했으니 무리가 따른 것이다. 벅차게 도운 만큼 바라는 것도 생겼고 실망도 하게 된 것이다.

　이후 많은 시간이 흘렀다. 그동안 나는 세월의 때에 찌들어 가며 어리숙함을 벗었다. 나쁘게 말하면 순수함을 잃은 거겠지……. 어쨌든 많은 것이 변했다.

카드 신청서를 흔쾌히 써 준 동료들도 많이 변했으리라. 문득 그들이 그립다. 점심 얻어먹었으니 써준 거라고 볼 수도 있지만, 그래도 고맙다. 팀장님도 보고 싶다. 그땐 몰랐지만 지금 와 생각하면 참 좋은 분이셨다. 건강하시길 바란다.

그리고 삶은 계속된다

폐지 줍는 노인이 보인다

어디서든 볼 수 있는 모습이지만

볼 때마다 가슴이 아리다

아련한 동지애를 느껴서다

태어났으니 살아야 하고

살려니 먹어야 하고

먹으려니 일해야 하고

삶이란 그런 것 아닐까

주린 배를 채우기 위해

생명을 이어가기 위해

평생 아등바등하다가

발버둥 칠 힘이 다하면 가야 하는

먹고 산다는 것

인간 앞에 놓인 이 단순하고도 엄숙한 명제 앞에선

그 어떤 허세적인 가치들도 무의미한 것이 아닐는지

결국 우리는

먹고 일하고 일하고 또 먹는다

그리고 삶은 계속된다